온후 퓨전 판타지 장편소설

WISHBOOKS FUSION FANTASY STORY

거신 사냥꾼 4

온후 퓨전 판타지 장편소설

초판 1쇄 찍은 날 | 2018년 2월 23일
초판 1쇄 펴낸 날 | 2018년 3월 2일

지은이 | 온후
펴낸이 | 예경원

기획 | 위시북스
편집책임 | 이규재
편집 | 이즈플러스

펴낸곳 | 예원북스
등록번호 | 제396-2012-000132호
등록일자 | 2012. 7. 25
KFN | 제1-216호

주소 | 경기도 고양시 일산동구 호수로 646-24 위너스21 II 빌딩 206A호 (우)10401
전화 | 031-819-9431 팩스 | 031-817-9432
E-mail | yewonbooks@naver.com

ⓒ온후, 2017

ISBN 979-11-6098-821-5 04810
　　　979-11-6098-697-6 (set)

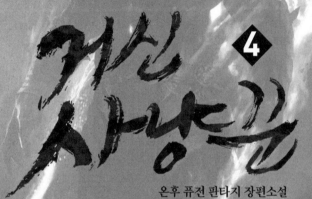

거신 사냥꾼 **4**

온후 퓨전 판타지 장편소설
WISHBOOKS FUSION FANTASY STORY

거신
사냥꾼

CONTENTS

20장
검을 만들다(2)

'욕심은 화를 부르지.'

내게는 현철만 있으면 됐다.

그중 현철은 수고비로 받았고, 천년독각사의 내단은 순수하게 구화린에게 넘겨주었다.

'게다가…… 암령이 순수하지 못한 마력을 집어삼키고 있다.'

암령. 녀석은 단지 숨죽이고 있을 뿐 완전히 움직임을 멈춘 건 아니다. 순수하지 못한 마력을 흡수하여 덩치를 불리고 있었다.

만약 천년독각사의 내단과 같은 영약을 섭취하게 된다면 가장 먼저 암령이 달려들 가능성이 농후했다. 천 년간 쌓인 독기이니 결코 순수할 수 없는 탓이다.

"잘 있어."

"고맙다. 덕분에 삼재검법을 대성할 수 있었다."

구화린이 작게 웃곤 몸을 돌려 그대로 멀어졌다.

'저런 모습도 있었군.'

까칠한 줄로만 알았는데 생각보다 털털한 성격이었다. 다른 야차들과 함께 있을 땐 무게를 잡았지만, 따로 만난 구화린은 옆집의 다부진 동생처럼 꽤 친근한 느낌이었다.

그러한 매력에 끌려서 많은 야차가 모인 것이겠지.

나 역시 가만히 있을 순 없었다.

대장간을 향해 발길을 옮겼다.

'오늘, 철을 친다.'

현철. 세상에서 가장 단단한 금속 중 하나.

오늘, 녀석을 조리한다.

대장장이 백원후들 사이에서도 현철은 지극히 귀한 철로 인식되는 모양이었다. 비록 양은 주먹 크기밖에 되지 않았지만 그것만으로도 모든 백원후의 시선을 끌기엔 충분했다.

깡! 까앙—!

망치를 들고 현철을 내려쳤다. 짧은 시간이었지만 은후에

게서 배운 망치질은 현철과의 싸움에서 밀리지 않게 만들어
줬다.

"균등하게 쳐야 하오. 현철은 결코 만만한 녀석이 아니요."

"어깨에 힘을 빼시오. 자신만의 검을 세우고 싶다면 먼저
철과 교감을 해야 하니."

그의 조언은 굉장히 도움이 되었다.

하지만 이내 아무런 목소리도 들려오지 않았다.

망치를 내려칠 때마다 전신이 울렸다. 철이 울리고, 내 몸
이 울리고, 그렇게 공명을 하였다.

적어도 기초가 되는 작업만큼은 온전히 나 홀로 할 셈이
었다.

앞으로 만들 검은 암령을 담을 그릇이었다.

태을무극심법과 연계되어 힘을 발휘해야 하기 때문에, 나
와의 교감이 무엇보다 중요했다.

'나를 싣는다.'

깡-! 까앙-!

대장간 안. 철 두드리는 소리만 요란하다.

나는 나만의 검을 만들기 시작했다.

철을 불로 달구고, 때리고, 얇게 펴서 다시 찬물로 식히는
작업을 수없이 반복하는 게 검을 만드는 가장 기본이고 토대
가 되는 방법이었다.

하지만 현철을 녹이는 건 지극한 정성과 끈기 없이는 불가능한 일이다. 수많은 명검의 토대가 된 현철. 거대 규모의 공방과 강력한 화로가 없으면 녹이는 것 자체가 불가능한데다 쉴 새 없이 몇 날 며칠을 내려쳐야 겨우 녹일 수 있는 탓이다.

검 한 자루를 온전히 만들기엔 부족한 양이지만 어차피 이 현철은 검 안에 들어갈 내용물이었다. 애당초 100% 현철로 만들어진 검은 없다고 보면 된다.

과거에도 수많은 명검을 보았지만 현철이 10% 함유되어 있으면 많은 편이었다. 보통 20%를 넘어가면 어지간한 영웅들조차 구하기 힘들었으며, 30%가 넘어가는 건 말 그대로 하늘의 연이 닿아야만 가질 수 있는 수준이었다.

그리고 지금 내 눈앞에 있는 현철의 양은 검 한 자루를 만들기엔 부족하지만 검의 속, 30%는 족히 채울 양이 되었다.

나는 이 현철을 다지는 작업을 맡았다. 아무리 내가 재능이 좋다고 하더라도 고작 10여 일 정도로 대장장이 티를 내는 건 불가능하다. 다만, 현철을 얇게 저미듯 펴내어 몇 번이고 다시 식힌 뒤 나와 '암령'을 동화시키는 건 가능했다.

나머지, 검의 토대를 만들고 마지막 검수를 해주는 건 은후의 역할이었다. 그는 9Lv의 대장장이 스킬을 가진 세계에서 손에 꼽히는 장인이었으므로.

'모든 정신을 모루에 쏟는다.'

까아앙─!

망치를 내려칠 때마다 전신이 뒤흔들리는 것만 같았다. 모든 힘과 마력을 오른손에 싣고 내려치면 그 순간 심장에 봉인된 암령도 불쑥 고개를 내밀었다.

그러면서 나는 '태을무극심법'의 구결을 외우고 있었다.

나에게만 주어진 구결, 암령을 봉인할 때 내 머릿속에 울렸던 현장의 말씀이다.

'바람은 모든 걸 깎으며 어두움 속에서도 길을 알려주니.'

바람은 모든 걸 깎는다. 그것이 설령 강철보다 단단한 현철이라 할지라도. 내 손에 바람이 깃들며 조금씩 현철의 모양을 바꾸기 시작했다.

'작은 바람은 태풍이 되어 세상을 휩쓸도다.'

구결이란 결국 마음가짐이다. 언어의 힘으로 만들어진 주술과도 같았다. 태을무극심법의 힘을 일깨우는 일종의 '열쇠'인 셈이다.

나는 바람이었다.

바람은 결코 막지 못하고, 설령 막더라도 모든 걸 깎아내나, 결국 작은 바람은 태풍이 되게 마련이었다. 월천이 어째서 씨앗을 100개 심으면 100가지 다른 결과가 나온다고 한 것인지 이해가 되었다.

이 구결은 나의 인생을 말해주고 있었다. 내가 앞으로 나아가고자 하는 길 말이다. 꺾이지 않을 다짐. 그것을 심법이란 이름으로 표현한 것이다.

'일망무제(一望無際)의 끝없는 사막조차도 나를 막진 못하였다.'

일망무제!

결국 암령조차 무릎 꿇었던 개념.

무한의 깨달음에 관한 이야기였다.

아직 내 이해는 얕으나, 나는 이 깨달음의 끝자락을 결코 놓을 생각이 없었다. 끝없이 되뇌고 또 되뇌며 쟁취하리라.

['태을무극심법'의 성취가 한 단계(1→2) 올랐습니다.]

심법과 망치질이 일체화되자 덩달아 나의 성취도 올라가고 있었다.

성취가 오르자 암령의 움직임도 조금은 더 얌전해졌다.

'태을무극심법은 암령을 가두기 위해 만들어진 심법이다.'

더 정확히 말하자면 암령을 가두고, 암령의 힘을 사용하기 위해 만들어진 심법이었다.

이제 고작 2성일 따름이지만 나는 이 심법의 천재적 발상에 대해 굉장히 놀라고 있었다.

초기에 이 심법을 만든 자, 천마라고 하였던가?

'그는 데몬로드조차 뛰어넘는 자였을 것이다.'

월천조차 암령을 온전히 가둬두는 데 실패했다. 암령의 힘은 그만큼 강력한 독과 같았다. 그러나 이 심법을 만든 천마라는 자는 암령을 온전히 다룰 수 있었을 것이다.

심장에 가둬졌을 뿐임에도 암령의 기운을 나는 느낄 수 있었다. 놈이 가진 '격'은 상상을 초월했다. 이놈을 온전히 다룰 수만 있다면…….

'미래를 바꿀 수 있을 터.'

능히 데몬로드와 동급의, 혹은 그 이상의 힘을 발휘할 수 있으리라.

그래서 천마에 대해 궁금증이 생겼다. 태을무극심법을 극성까지 익혀서 천마는 분명히 암령의 100%를 다뤘을 터였다.

책을 뒤져 봤지만 어디에도 '천마'의 이름에 대한 언급은 없었다.

아는 자도 없었다.

대체 누구일까?

확실한 건 천마 이후로 이 암령은 계속해서 전해져 왔지만, 완벽하게 다룰 수 있었던 자는 없었으리라는 것이다.

'지금은 다른 데 정신을 쓸 때가 아니야.'

급히 잡념을 없애고 망치를 두드리는 데 온정신을 쏟았다.

태을무극심법을 운용하며 암령을 자극하고 있었다. 놈은 조금씩 움직이며 현철에 대한 관심을 나타냈다. 내가 할 건 현철과 암령 사이에 '길'을 놔주는 일이었다.

'일망무제……'

까앙─!

"대단하군요."

"제대로 망치를 쥔 건 처음일 텐데 벌써 7일째……."

"괜히 주령이신 게 아니로군."

화로는 꺼지지 않았다. 망치질도 멈추지 않았다.

그를 바라보는 백원후들은 저마다 탄성을 내뱉었다.

물조차 마시지 않고 벌써 7일째. 그는 정신력의 한계를 뛰어넘는 지구력으로 망치를 두드리고 있었다.

"은후 님도 마찬가지. 연로하신 분이 너무 무리하는 거 아닌가?"

"검 한 자루 만들자고 저토록 열정을 쏟아붓는 모습은 근 100년간 본 적이 없어."

"대단한 명검이 탄생하겠군."

"현철이 들어가니까. 저만한 현철을 대체 어디서 구한

걸까?"

은후 역시도 주령과 마찬가지로 7일 동안 쉬지 않았다. 물도 입에 안 대고 먹을 것도 입에 안 대고 있었다. 그가 보이는 최소한의 예의인 것도 같았지만, 그와는 별개로 검의 틀을 만드는 데 사력을 기울이는 중이었다.

백원후들은 혀를 차며 고개를 절레절레 흔들었다.

두 사람의 주변으로는 누구도 다가가지 못하도록 벽이 쳐진 것만 같았다.

"이번에는 진정한 우리의 주인이 나타나시길……."

한 백원후가 작게 중얼거리자 모두가 고개를 끄덕였다.

그리고 열망이 가득 담긴 눈빛으로 그들의 주령을 바라보았다.

초대 천마를 제외하면 누구도 도달하지 못했던 곳. 월천조차도 스스로 포기 선언을 했을 정도로 그 길은 험난하겠지만, 부디 이번에야말로 진정한 주인(主人)이 탄생하길, 그들은 빌고 또 빌었다.

문제는 외부에 있었다.

열흘 밤낮으로 공방의 불이 밝혀지자 야차들이 하나둘 모여들기 시작한 것이다.

"은후가 월천 님의 제자를 위해 검을 만들고 있다며?"

"어디 구경이나 해보자. 대체 얼마나 대단한 걸 만들기에 10일 내내 공방을 열어놔?"

하루 만에 족히 수십이 모였다.

그들 대부분은 오한성에 대한 소문을 접한 상태였다.

검은 야차, 승천자의 의식을 깨뜨려 한 차례 나찰각을 떠들썩하게 만들었지만 실상은 별 볼 일이 없었다. 백보신권을 익히긴 했으나 그 성취도 미약했던 것이다.

하지만 그 뒤로 무려 월천의 제자가 되었다. 다시금 화제의 중심으로 뛰어들며 이번에는 그 콧대 높은 은후가 모든 일을 제쳐 둔 채 직접 검을 제작하고 있었다.

그것도 10일씩이나.

'얼마나 대단한 검이기에?'

'은후가 무기를 만드는 건 보통 하루를 넘기지 않는다고 들었는데.'

'부럽다.'

야차들 역시 검에 대한 욕심은 있을 수밖에 없었다. 전사인 그들의 당연한 생리였다.

하지만 공방의 입구를 백원후들이 막아서서 쉽게 들어가지 못했다.

끼익! 꺄아악!

끽! 끼기긱!

가까이 다가가려고 하면 저항이 거셌다.

마치 공성을 하듯 백원후들은 한 발도 물러서지 않았다.

야차들로서도 이런 적이 처음이라 난감해할 수밖에 없었다.

기본적으로 야차와 백원후는 공생의 관계다. 백원후가 궂은일을 도맡아주긴 하지만 대라선의 의지로 그들은 야차와 같은 권리를 갖게 되었다.

"허, 참. 백원후들이 이렇게 저항하는 건 처음 보는군."

"대체 뭘 그리 꼭꼭 감추는 거지?"

검을 보고 싶으나 볼 수 없음에 야차들도 불만을 토했다.

결국 두 집단의 대치는 계속될 수밖에 없었다. 긴장감은 날로 높아졌다.

그때 한 야차가 대검을 든 채로 자리에 나타났다.

"비켜. 어딜 백원후 따위가 길을 막아?"

주황색 머리칼을 가진 장난기 가득한 얼굴의 소유자.

하지만 그 안에 감춰진 광기는 모두가 알고 있었다.

"검룡 연혼제……."

"깨달음을 얻었다고 두문불출하더니 실마리를 잡은 건가?"

"이제 백원후들도 꼼짝 못 하겠군."

야차들이 길을 트며 연혼제를 흥미진진하게 쳐다봤다.

검룡 연혼제. 그는 일반적인 야차와는 다르다. 검룡이기도 하지만, 그의 배경 자체가 백원후 따위는 어쩌지 못하는 곳이었다.

"은후가 10일이나 오한성의 검을 만들고 있다지?"

평소에는 장난기가 넘쳤으나 지금의 연혼제는 무척이나 표정이 굳어 있었다. 일전 오한성에게 같은 조에 들어오라고 회유할 정도의 여유도 지금은 보이지 않았다.

백원후들이 서로 눈치를 봤다. 야차들을 막을 때처럼 격렬하지 못했다.

그러자 연혼제가 눈썹을 찌푸리며 말했다.

"마후가(魔后家)의 패를 보여줘야 길을 열 것이냐?"

마후가!

연혼제의 배경이며, 나찰각의 기둥이라 불리는 가문 중 하나였다.

그곳의 가장 촉망받는 존재가 연혼제였다. 검의 천재이자 차기 나찰로도 지목되고 있는 연혼제는 백원후 정도는 어쩌지 못할 힘이 있었다.

그럼에도 백원후들은 쉽사리 자리를 뜨지 않았다.

이에 연혼제가 이를 박박 갈았다.

"빌어먹을. 내 검에도 그만한 정성은 들이지 않았다. 대체 얼마나 대단한 검을 만들려고 십 일이나 공을 들이고 있는 거지?"

은후는 장인이고, 그에게 검을 부탁하려면 못해도 20년을 기다려야 했다. 연혼제는 검룡이라 불리는 만큼 검에 조예가 깊고, 애착이 있었다. 하여 마후가의 힘을 이용해 은후에게 직접 검을 만드는 걸 부탁한 바가 있었다.

하지만 이조차도 하루 만에 완성됐다. 그래도 장인의 실력이 어딜 가는 건 아니라서 매우 만족하고 있었지만, 은후가 십 일이나 검을 만들고 있다는데 관심이 가지 않을 수가 없었다.

한마디로 배가 아팠던 것이다.

연혼제는 다른 야차와 달리 장난기가 많고, 고집이 드세며, 세상만사 자기 마음대로 사는 걸로 유명했다.

또한 욕심이 많았다.

자기가 얻지 못한 걸 남이 얻게 된다면 무슨 수를 써서라도 방해를 해야 직성이 풀리는 성격이었다.

"마지막으로 말하마. 비켜라. 놈이 만들고 있는 그 검, 이 두 눈으로 꼭 봐야겠다. 방해하겠다면…… 베어버릴 것이다."

횡포였지만 백원후들은 꼼짝도 못 했다.

얼어버린 듯이 미동조차 하지 않았다.

마지막 경고를 행한 연혼제가 이어 대검을 들었다.

대검 주변으로 날카로운 예기가 피어났고, 투명한 기운이

덮어지며 사나운 기세를 사방에 떨쳤다.

"말려야 하는 거 아니야?"

"백원후 몇 마리 죽인다고 검룡을 누가 어떻게 해?"

"마후가가 힘을 쓰면 조용히 무마되겠지."

무소불위의 권력체가 마후가였다. 그런 마후가를 등에 업은 연혼제는 당연히 철이 없을 수밖에 없었다.

일촉즉발의 상황.

연혼제가 스산한 눈빛으로 천천히 발을 옮겼다.

그리고 검을 내려치려는 찰나.

"그럴 필요 없다."

뚜벅!

무거운 발소리와 함께 화제의 장본인이 모습을 드러냈다.

묵색의 검 한 자루를 쥐고서.

21장
급진하는 현대사

연혼제의 눈이 빛났다.

검. 지극히 평범해 보이는 검. 투박하고 별다른 특색도 느껴지지 않았다.

한데 왠지 모를 무게감이 있었다.

애당초 은후가 만든 검이다. 더 이상의 설명이 불필요했다.

'기도가 달라졌다.'

무엇보다 검을 쥔 사용자, 오한성의 기도가 분명히 전과는 달랐다. 연일 야차들을 꺾으며 유명세를 이어가고 있었으나 연혼제가 신경 쓸 정도의 격은 아니었건만.

지금은 신경이 쓰인다.

전신에서 피어나는 기세가 연혼제의 피부를 따끔거리게

만들었다.

어느 정도 경지에 이른 검사에게만 보이는 투기.

흥미가 생겼다. 연혼제는 검룡. 검에 미친 야차였으므로.

"예전의 풋내기가 아닌데?"

연혼제가 얇게 웃었다. 예전에 그를 자신의 조원으로 포섭하려던 이유는 그저 '재미있을 거 같아서'였다. 실력적인 부분에서는 크게 기대하지 않았다.

나중에 강해지면 그때 잡아먹으려고 했다.

농부가 농익은 과일을 수확하듯.

하지만 은후가 만든 검을 쥔 그는 달랐다. 이미 충분히 익은 상태였다.

"검은 야차는 시련의 상징이라고 들었는데…… 거짓이 아니었던 모양이군."

검은 야차에 대한 전승이다.

검은 야차는 야차들이 감내해야 할 시련이지만, 대신 그를 이겨내면 영웅이 탄생한다는 전승이 몇몇 가문에 남아 있었던 것이다. 불길하다 여겨지지만 나찰각에 받아들여진 건 그런 이유에서였다.

연혼제의 눈에서 백원후들은 지워졌다.

대신 오로지 오한성, 그만이 담겼다.

툭, 툭.

연혼제가 검을 바닥에 두 차례 찍었다.

그러곤 다시 들어, 검을 겨눴다.

상대 쪽에서 말은 없었으나 더 이상은 필요 없을 것이다.

그는 등장한 직후부터 계속해서 투기를 보내고 있었다.

의미는 간단했다.

싸워보자는 것!

"삼 초를 양보하마. 은후의 검을 들었다고 할지라도 결국은 검. 실력이 받쳐 주지 않으면 무용지물에 지나지 않을 테니."

동시에 한성. 그가 움직였다.

움직임은 지극히 느렸다. 너무 느려서 의아함마저 생길 수준이었다.

하지만 그가 지근거리까지 다가왔을 때 연혼제는 이상함을 느꼈다.

마치 천근추를 사용한 것처럼 바닥에 발자국이 선명하게 찍혀 있던 것이다.

그리고 근접하여 검을 휘두른 순간, 연혼제는 본능적으로 한 발자국 뒤로 물러나며 검을 맞댈 수밖에 없었다.

콰드드득!

"……!"

말이 나오지 않았다. 만약 발을 뒤로 물리지 않은 상태에서 그대로 검을 받았다면 허리가 바스러졌을 것이다.

이어 거센 풍압이 불어와 연혼제의 몸을 결박하는 듯했다.

'무겁다!'

무거워도 너무 무거웠다. 가장 무거운 철이라는 현철이 다수 섞여 있음이 분명했으나 그를 감안해도 굉장한 괴력이었다.

반격을 해야 한다. 이대로 검을 받아내기만 해서는 안 된다고 연혼제의 본능이 계속해서 경고하고 있었다.

단 한 번 받아냈을 뿐인데 손목이 나가 버릴 것 같았다. 뼈에 금이 간 건 확실했다.

동시에 오한성의 입이 작게 움직였다.

'삼 초라고 했지?'

녀석이 씨익 웃어 보였다.

왜 말이 없었는지, 왜 그토록 느리게 다가왔는지, 그 이유를 알겠다.

녀석 역시 혼신의 힘을 다해 검을 들고 있었던 것이다. 단순히 물리적 무거움뿐만이 아니었다. 저 검, 마력을 응축시켜 단번에 폭발시키는 그 폭발력이 더욱 무서웠다.

받아내는 것만으로 손목이 박살 났으니 말이다.

연혼제는 다급해졌다.

삼 초를 언급한 건 자신이었다.

하지만 후회는 언제 해도 늦다.

"잠⋯⋯!"

꽈아앙!

[검은 야차의 인(印)이 빛을 발합니다.]

[보다 강한 야차를 쓰러뜨리고 '힘'을 '1' 빼앗아 옵니다.]

[주변 모든 야차가 정신적으로 굴복하였습니다. 미약한 수준의 능력치를 강탈합니다.]

[적용된 능력치 현황 – 힘(2), 민첩(2), 체력(1)]

연혼제가 쓰러졌다.

정확히 세 번의 공격을 받고 그대로 양팔이 뒤틀린 채 바닥에 발을 파묻으며 기절한 것이다.

"연혼제가⋯⋯."

"검룡이 졌다고?"

"단 삼 초 만에?"

야차들도, 백원후들도 웅성대기 시작했다.

믿기지 않는 일.

상상치도 못했던 초유의 일이 벌어졌다.

그들은 떨리는 눈초리로 나와 연혼제를 번갈아 바라봤다.

너무 놀란 나머지 입을 크게 벌리고서.

'이게…… 암령의 힘.'

나 역시 놀라는 중이었다.

내게는 본래 이 정도의 괴력은 없다.

하지만 검에 깃든 암령은 단순히 쥔 것만으로도 태을무
극심법이 발휘되게 만들었다. 그러곤 극성으로 날뛰기 시
작했다.

동시에 탈혼무정검이 왜 공격 일변도의 검법인지 알 것 같
았다.

'방어를 할 필요가 없다.'

현철에 깃든 암령은 사용자로 하여금 괴력을 발휘하게 만
들어주었다. 태을무극심법은 고작 2성의 경지였지만 그것만
으로도 이러한 결과를 만들어낸 것이다.

공격은 최상의 방어라는 걸 증명하는 듯싶었다.

하지만 나도 정상은 아니었다.

'근육이 파열될 것만 같군.'

모든 힘을 쥐어 짜낸 기분이었다. 전신의 근육들이 비명을
질러댔다. 마력은 텅 비었고 일순간이지만 세상이 샛노랗게
변했다.

나는 천천히 검을 내려다보았다.

묵색의 검은 여전히 날 하나 나가지 않은 채 묵직한 자태

를 유지하고 있었다.

〈흑풍검(value-150,000)〉

- ‘제천대성의 힘’이 적용된 상태
- 무겁고 굉장히 단단하다.(254㎏)
- ‘바람의 성흔’이 새겨졌다.
- ‘제천대성의 혼’을 지닌 자만이 검을 쥘 수 있다.

※제천대성의 힘: 태을무극심법의 경지에 따라 순간적으로 제천대성의 힘을 빌려 온다. 무리하게 사용하면 신체가 버티지 못하고 터져 나갈 수 있다.

※바람의 성흔: ‘바람의 결’을 깨달은 자가 검을 만들며 새겨진 표식. 맞서는 이로 하여금 강렬한 풍압(5Lv)을 느끼게 한다.

『대장장이 은후가 성심성의를 다해 만든 검. 현철로 만들어진 내부는 초보자의 손길이 닿았으나 정신과의 일체를 시도하여 걸작을 탄생시켰다.』

무게 자체가 말이 안 됐다. 현철로 만들어진 검의 숙명과도 같았는데, 승천자의 망토가 허리를 지탱해 주지 않았다면 휘두르는 것조차 힘에 버거웠을 것이다.

하지만 진정으로 내가 놀란 건 설명에 새겨진 이름이다.

제천대성!

'백원후들이 따르는 이유라는 게 이것 때문이었군.'

필마온, 투전승불, 손오공 등으로 불리는 천계의 풍운아가 바로 제천대성이었다. 천계에 대한 복수심을 나타내던 그 목소리가 불현듯 떠올랐다.

모든 원숭이의 왕, 어쩌면 신이라 불려도 이상하지 않은 존재였으니, 백원후들의 그 극진한 태도가 이해가 되었다.

'암령이 제천대성이었을 줄이야.'

신화의 이야기가 사실이라면 요르문간드와 비교해도 전혀 격이 부족하지 않을 것이었다.

월천이 지배하지 못한 게 이해가 되었다. 왜 암령을 지닌 자들이 죽거나 폐인이 되었는지도 알 것 같았다.

나 역시도 그 숙명으로부터 자유롭진 못하다는 것 역시.

'하지만 이겨낼 것이다.'

암령. 놈을 지배하겠다. 정체를 알게 된 순간 나는 더욱 욕심을 가졌다. 온전히 지배하겠노라고. 놈이 말한 게 사실이라면 아직 몇 년의 유예가 남아 있었으니!

허리에 가로로 찬 검집에 흑풍검을 집어넣었다. 흑풍검은 전신의 무게 균형이 완벽하게 균등했기 때문에 한쪽으로 쏠리거나 하는 일은 없었다.

나는 천천히 등을 돌렸다.

연혼제는 여전히 기절해 있었으며, 어떠한 야차도 나를 막지 못했다.

처음 들어왔을 때와는 분명히 다른 인식.

그들의 뇌리에 확실하게 '나'라는 존재가 새겨진 순간이었다.

검을 만들고 월천을 찾았다.

그는 전보다 더욱 심하게 야위어 있었다.

쏙 들어간 볼, 퀭한 눈, 마치 폐인과 같았다.

하지만 유일하게 눈빛만은 살아 있었다.

"스승님, 괜찮으십니까?"

스승이라는 단어가 입에 잘 달라붙진 않았지만, 확실한 건 월천이 암령을 넘기고자 엄청난 무리를 부담했다는 것이다.

이대로 월천이 죽기라도 한다면 꿈자리가 뒤숭숭할 터였고, 그건 나도 바라지 않았다. 적어도 그는 나를 인정해 줬으며 과거와도 인연이 있는 자였기 때문이다.

그래서 익숙하지 않은 단어일지라도 억지로라도 적응하려고 노력하는 중이었다.

월천은 건강에 대한 답을 하지 않았다. 대신.

"검을 보여다오."

바로 본론으로 넘어갔다.

나는 흑풍검을 꺼냈다. 이어 월천이 흑풍검에 손을 대자,

치지직! 하고 전기가 오르듯 잠시 월천의 손길을 거부했다.

"나를 거부하는 걸 보니 검과 완전한 물아일체를 이뤘구나. 은후만의 실력으로는 불가능한 일일진대."

월천의 입가에 옅은 미소가 어렸다. 은후가 만든 건 검의 외부다. 내부의 현철은 내가 달구고 때리며 더없는 정성을 쏟았다.

이어 월천이 흑풍검을 다시 내게 넘기며 말했다.

"오늘 연혼제와 대련을 했다고 들었다."

"사소한 다툼이었습니다."

"'마후가'에선 그리 생각하지 않을 게다. 나찰각을 떠받드는 세 가문 중 하나이니 말이다."

마후가. 백원후들이 연혼제와 대치하며 했던 말 중에 그런 단어가 있었다. 그래서 다른 야차들과 달리 연혼제만은 백원후들도 어찌 못 했던 것이다.

"하지만 너는 나 월천의 제자다. 또한 전사는 자신의 무력으로 모든 걸 입증하는 법."

스으으으.

월천의 손에서 푸른색의 검이 생겨났다.

검기가 아니다. 검강!

진정한 강(强)의 기운이 2m 높이로 치솟았다.

저만치 선명한 검강은 나도 생전에 본 적이 없었다.

검의 천재라는 자들도 검강을 재현할 순 있었으나 기껏 해야 검에 덧씌우는 정도였다. 하지만 월천은 무에서 유를, 2m 길이로 창조해 낸 것이다.

검강은 세상에서 잘라내지 못하는 게 없다. 용의 비늘도, 데몬로드의 살결조차도 베어낼 수 있는 게 검강이었다.

"연혼제와 대련하며 깨달았을 것이다. 암령의 힘을. 그 무한한 가능성을. 그 정제되지 않은 힘을 다루려면 필히 '탈혼무정검'의 정수를 익혀야 한다."

"탈혼무정검을 익히면 암령을 지배할 수 있습니까?"

나는 이미 탈혼무정검을 익혔다.

과거 9성까지 깨달았고, 현재는 6성의 성취를 이룬 상태였다.

하지만 제천대성의 힘, 흑풍검의 무게를 못 이겨 연계가 불가능했다.

하여 나는 그 답을 듣고 싶었다.

"과거 암령을 온전히 지배했던 자는 천마뿐이었다. 그는 검은 야차의 인을 지니고 있었으며, 야차일 시절 승천자의 의식을 깨뜨렸다고 전해진다. 뿐만 아니라 그를 억압하고자 행한 십이천나한진마저 스스로 파훼하였지."

왠지 모를 동질감을 느꼈다.

천마가 걸어온 길은 나와 너무나도 유사했기 때문이다.

월천. 그가 내게 기대를 거는 이유도 같은 맥락이었을까.

곧 그의 눈이 더욱 무겁게 가라앉았다.

"암령을 지배할 수 있느냐고 물었느냐? 할 수 있다. 너라면. 그러기 위해 나는 너에게 탈혼무정검의 정수를 넘길 셈이다."

"정수를……."

"탈혼무정검의 정수는 자연의 힘을 스스로에게 강신시키는 방법이다. 그리하여 암령의 모든 힘을 끌어내는 게 탈혼무정검의 의미니라. 그리고 너는 이미 바람을 다룰 줄 안다. 단지 그 힘을 제대로 다루지 못할 뿐."

스아아아아아아!

거센 바람이 월천의 주변으로 불어오기 시작했다.

그러자 그의 검강이 바람에 동화된 듯 더욱 짙은 푸른색을 나타내기 시작했다.

이윽고 그의 움직임이, 검 자체가 가벼워진 듯한 착각이 일었다.

거기서 끝이 아니었다.

화르르륵!

검강이 붉은색으로 발화되었다. 피처럼 붉은 저런 검강이라니!

이어 검강은 물을 담고, 대지를 담았다.

수풍지화(水風地火)의 네 가지 속성을 온전하게 담아낸 것
이다.

아아, 그제야 알 것 같았다.

내가 익힌 탈혼무정검은 9성이었지만, 그 이상으로 올라
갈 수 없었던 이유를.

'나는 그저 스킬을 덧씌울 뿐이었구나.'

나 역시도 네 가지 원소를 다룰 줄 알았다.

마검사. 마법이란 이름의 스킬을 사용해 빠르게 성취를 이
뤄낼 수 있었다.

하지만 진정으로 자연을, 네 가지 속성을 깨달은 건 아니
었다.

편법으로 이뤄낸 성취이기에 9성이 한계였다. 만약 정말
로 내가 자연을 깨닫고 활용할 수 있었다면 과거의 나는 훨
씬 강해질 수 있었을 것이었다.

"내 검을 보아라. 그리하여 두 눈에 담아라. 내가 너에게
보여주는 처음이자 마지막 수업일 것이니."

그는 자신의 모든 힘을 담아 사력을 다해 검무(劍舞)를 추
었다. 모든 속성의 기운들이 마치 벚꽃처럼 만개하여 내 눈
을 어지럽히기 시작했다.

나는 그 광경에 매료되었다. 압도되었다. 도저히 눈을 뗄
수가 없었다.

단지 보는 것만으로도 나는 깨닫고 있었다. 처음이자 마지막이라고 말한 건 그가 수천 년간 쌓아온 정수들을 한꺼번에 내 앞에서 터뜨리고 있었기 때문이다.

['진 · 탈혼무정검'의 성취가 6성에 다다랐습니다.]
[자연에 대한 깨달음을 얻었습니다.]
[이제부터 바람 속성을 자유로이 다룰 수 있게 됩니다.]

내 머릿속에서 작은 빅뱅이 일어났다.

다음 날.
나는 나찰각을 떠날 수밖에 없었다.

"떠나라. 탈혼무정검과 태을무극심법은 비좁은 나찰각에서 익힐 수 있는 게 아니다. 너는 또 다른 세계와의 접촉이 가능하니 보다 많은 경험을 할 수 있을 것인즉."

"또한 마후가가 방해하면 여러모로 귀찮아질 것이다. 하나 내년 성혼 쟁탈전에서 우승하거든 그들조차 함부로 너를 어찌하진 못할 터."

월천은 그리 말하며 등을 돌렸다.

모든 정수를 때려 박았기 때문인지 월천의 전신은 더욱 초췌해져 있었다.

나는 한 차례 절을 올리고, 내년을 기약하며 짐을 챙길 수밖에 없었다.

'내년에 다시.'

무엇보다 나도 바라고 있었다.

탈혼무정검의 정수를 보게 된 순간, 온몸이 근질거렸다.

이 깨달음을 온전히 나의 것으로 만들려면 더 많은 것을 보고 익혀야 한다. 과거의 경험들조차도 성에 미치지 못했다.

나는 모든 준비를 끝마친 뒤 조용히 나찰각을 나섰다.

귀에 새겨진 인(印)을 매만지자 관련된 권한들이 떠올랐다.

[검은 야차의 권한으로 1~50계층 간의 이동이 자유롭습니다.]
[1층으로 설정되었습니다. 이동하시겠습니까?]

고개를 끄덕였다.

그 순간 내 앞으로 작은 일렁임이 나타나며 둥그런 모양의 공간이 생성되었다.

나는 천천히 그 안으로 발을 옮겼다.

공간을 넘어서고 주변을 둘러봤다.

나찰산의 1층. 현대와의 '문'이 연결된 장소.

푸르른 초야가 즐비한 장소. 기껏 해야 '괴물 토끼'와 같은 약한 괴물밖에 없는 곳이고 초보자들에게 있어선 젖과 꿀이 흐르는 곳이기도 했지만, 이 공간이 드러나는 건 앞으로 반 년은 더 있어야 했다.

"사, 살려주세요!"

"으아아아악! 미친 멧돼지 새끼!!"

그런데…….

나는 이맛살을 구겼다.

'지금 시기엔 사람이 없어야 하는데?'

그러나 내가 잘못 들은 게 아니라면 저 목소리는 분명히 나와 같은 사람들의 것이었다.

고개를 돌리자 다섯 명 정도로 이뤄진 남녀 집단이 거대한 멧돼지에게 쫓기는 중이었다.

그들 다섯은 정확히 나를 향해 달려오고 있었다. 마치 자석처럼 이끌리듯 사력을 다해 발을 놀리고 있었는데, 복장을 보아하니 산책이라도 나온 것처럼 간단하기 그지없었다.

'이제 막 각성한 초보자들.'

구분은 쉬웠다. 문제는 왜 지금 시기에 초보자들이 나찰산에 있느냐는 것.

이러한 변화를 이끌어낼 수 있는 사람은 내가 알기로 한 명뿐이었다.

'녀석이 손을 쓴 건가?'

민식이 좀비킹 아크시즈를 사냥하고자 '문'으로 들어갔단 이야기는 들었다. 그로부터 시간이 꽤 지났으니 다음 행보를 위해 움직이고 있을 터였다.

그리고 나찰산은 성장하기 매우 좋은 장소이므로 민식이가 문을 완전히 개방시킨 것도 이해는 되었다.

그 과정에서 우연히 이들이 유입된 걸까?

"그, 그쪽 분! 피하세요!"

"씨발! 씨바아알!"

눈물, 콧물 질질 짜대며 도망치는 그들의 모습이 애처롭긴 했다. 괴물 멧돼지는 본래 5층 이상에서 서식하지만 아주 낮은 확률로 그 이하의 층에서도 등장을 하곤 하였다.

나는 고개를 절레절레 저었다.

어쨌든…… 자초지종을 들을 수 있는 기회다.

굳이 검을 뽑을 필요도 없었다. 흑풍검은 쥐는 순간 나도 모르게 필요 이상의 힘을 사용할 가능성이 높았다.

가만히 자세를 낮춰 잡았다.

'지금.'

정면으로 다가오는 멧돼지를 향해 정확히 주먹을 내질렀다.

쿠릉!

달려오던 멧돼지의 신체가 가볍게 공중으로 떠올랐다.

이윽고 가죽 전체가 요동치며 살이 튀어나올 듯이 출렁였다.

백보신권의 묘. 내부에 직접적인 타격을 가한 것이다.

쿵!

괴물 멧돼지가 비명조차 지르지 못하고 볼썽사납게 바닥에 떨어졌다.

절명. 괴물 멧돼지의 모든 구멍에서 피가 흘러내리며 그대로 숨을 거뒀다.

이후 주먹을 한 차례 털어내곤 몸을 돌렸다.

내 뒤로 도망가던 5인방이 자리에 멈춰 서선 입을 벌린 채 나를 바라보고 있었다.

"메, 멧돼지를 한 방에…….."

"주먹이 보이지도 않았어."

"호, 혹시 1세대 각성자분 아닐까?"

나는 천천히 그들에게 다가갔다.

내가 근접하자 몇 명은 얼음처럼 굳었고, 오로지 한 명만 볼을 붉게 물들이며 흥분하기 시작했다.

"저기요! 혹시 1세대 각성자세요?"

"1세대 각성자?"

이들의 태도를 보아 각성자를 접하는 게 제법 익숙했다. 말인즉, 현대에서도 각성자의 존재가 대두되기 시작했다는 뜻이다.

그런데 1세대 각성자라니?

다른 이들 모두가 멍해 있을 때, 찢어진 청바지를 입은 여인만이 나를 향해 질문을 내던졌다. 이에 역으로 되묻자 여인이 말했다.

"'문'이 알려지기 전에 각성하신 분을 1세대 각성자라고 불러요. 혹시 모르셨나요?"

"처음 들어보는군. 그보다 왜 나찰산에 뜨내기들이 있는 거지?"

"아아, 혹시 먼저 이곳을 탐험하고 계셨던 분인가요?"

"묻는 말에나 답해라."

어찌 됐든 나는 이들을 살려준 생명의 은인이었다.

고작해야 수렵용 나이프를 들고 있는 걸 보면 '문' 안의 위험성에 대해 제대로 인지하지 못한 초보 중의 초보였다.

내가 신경질을 내자 여인이 고개를 끄덕였다.

"지금 유일하게 공개된 던전이 나찰산이거든요. 저희같이 이제 막 각성한 각성자는 이곳 5층 이하에서만 사냥하도록 장려되고 있어요."

"그 장려한 사람이 민식이라는 이름을 가지고 있나?"

"어! 그건 또 아시나 보네요? 아니면 혹시 같은 길드의 길드원이라거나?"

여인이 토끼처럼 눈을 동그랗게 떴다.

맙소사.

나는 잠시 이마를 부여잡았다.

그러니까 민식이 이 녀석이 나찰산을 대대적으로 공개해 버렸다는 말이다.

"정부는? 정부가 그런 일을 두고 볼 리 없을 텐데?"

"말로는 위험하니까 멀리하라고 하는데, 사실상 별다른 제재가 없어요. 그런데 정말 '아포칼립스' 길드 소속 아니에요?"

아포칼립스 길드?

어디서 많이 들어본 이름이다.

'내가 최초로 만든 길드 이름이군.'

이쯤 되면 범인은 한 명뿐이다.

민식이 녀석이 그사이에 정부를 구워삶고, 길드를 만들고, 용어들마저 정립하고 있다는 것.

엄청난 변화였다. 내가 나찰각에 있는 사이에 세상이 변했다. 물론 직접 눈으로 확인을 해봐야겠지만.

여인은 계속해서 재잘거렸다.

"저희는 대학교 졸업 논문 주제로 '각성자'에 대해 발표할 생각이거든요. 실례지만 괜찮다면 몇 가지 질문 좀……."

"죽기 싫으면 돌아가라."

"예?"

"꺼지라고 했다."

얌전히 말해서 알아들을 부류는 아닌 것 같았다.

조용히 여인의 눈을 바라봤다.

딸꾹!

내 눈을 본 여인이 딸꾹질을 해댔다.

이제 막 각성한 초보자가 내 기운을 감당하긴 어렵다.

다리를 떨고, 시선이 사정없이 흔들리는 여인을 보고 나는 발걸음을 옮겼다.

어차피 1층이니 지독히 운이 없어서 괴물 멧돼지를 만나지만 않으면 나가는 데에는 지장이 없을 것이었다.

무엇보다 지금 내 관심사는 저들이 아니다.

현대가 어떠한 식으로 급변하고 있는지, 1초라도 빨리 두 눈으로 담아야겠다.

바깥으로 나오는 와중에도 꽤 많은 사람을 보았다. 족히 백여 명. 그 이상이 나찰산에 들어왔다는 뜻이다. 그리고 입구를 지키는 사람들도 배치되어 있었다.

'군인이 아니야.'

민간인이다. 하지만 꽤 성장한 각성자였다.

남색의 제복을 입고 있었고, 어깨에 X자 표식이 새겨져 있었다.

'층의 입구마다 배치가 되어 있다.'

적어도 1층부터 5층까지는 사람들이 배치되어 있었다. 아마도 '아포칼립스' 길드의 길드원들인 듯싶었다.

게다가 사람들을 모아놓고 장비를 나눠 주기도 했다.

"기본 장비는 지급해 드려요."

"카페에서 봤는데 정말 화기는 작동을 안 하나요?"

"예. 던전 안에선 현대의 화기들이 작동을 잘 안 하거든요. 굳이 말하자면 '발화'가 안 되는 거죠. 현대에서 가져온 모든 '불'은 잘 타오르지 않아요. 그 외에도 몇 가지 가설이 더 있지만, 신기하죠?"

질문과 답변도 오가는 걸 보아 굉장히 조직적이었다.

딱히 내게 관심이 있어 보이진 않았다. 아직 '통제'의 단계로 넘어가진 않은 듯했다. 과거에는 나찰산을 층별로 수많은 길드가 통제하며 돈을 걷거나 관리를 했는데, 이제 막 세간에 '문'의 존재가 알려지기 시작한 직후라서 그런지 억제력은 없는 것 같았다.

['나찰산' 을 벗어납니다.]

[5, 4, 3, 2, 1]

문을 넘었다.

이윽고 주변 배경이 달라지며 익숙한 공기가 폐부를 깊숙이 찔렀다.

나는 주변을 둘러봤다.

본래는 폐가였으나 그것을 허물어트리고 공터로 만든 듯싶었다.

사람이 많지는 않지만 띄엄띄엄 족히 20여 명 정도가 주변을 서성이고 있었다.

문 바깥은 군인들이 대기하고 있을 줄 알았는데, 모종의 거래라도 오간 걸까?

'일단 집으로 가야겠군.'

빠르게 자리를 벗어났다.

분위기를 보아하니 수많은 사람에게 나찰산이 노출된 것 같았다.

아무래도 돌아가서 점검할 시간이 필요할 듯했다. TV나 인터넷을 통해서 알아보면 보다 자세히 사건의 진상에 접근할 수 있으리라.

딸칵.

마우스를 놀리며 모니터를 주시했다.

수많은 기사, 메이저 신문사에서도 이미 '던전'이라거나 '나찰산'의 키워드를 사용해 기사를 무한정 뱉어내는 중이었다.

—세계 최초로 던전의 존재를 인정한 한국.

—던전. 독인가? 아니면 새로운 시작인가?

—괴물들의 침략설. 사실일까?

—각성자 전문 육성의 필요성.

—초인 범죄, 오늘부터 더욱 강경하게 처벌받는다.

—김민식, 영웅의 귀환.

—아포칼립스 길드, 나찰산 25층을 정복하다.

차례대로 모든 기사를 훑었다. 최초의 기사가 시작된 건 지금으로부터 42일 전.

좀비킹 아크시즈를 사냥한 민식이가 사람들과 함께 귀환한 게 모든 일의 시발점이었다.

사라진 사람 중에는 고위 정계의 인물, 재벌 3세 등이 포함되어 있어 더욱 반향이 컸다. 이후 그들은 마치 약속이라도 한 것처럼 던전과 관련된 일들을 공론화시켰고, 정·재계가 함께 움직이며 결국 '공식 발표'를 선언한 것이다.

그리고 그들을 구출한 민식은 영웅으로 취급되었고, 그와 동시에 '아포칼립스' 길드를 창설하며 던전 탐험에 열을 올렸다는 이야기.

'벌써 길드를 만들었다, 라.'

굉장한 성과였다. 솔직히 말해서 이만한 시간에 이 정도의 일을 해낼 줄은 몰랐다. 어지간히 독을 품지 않고선 할 수 없는 행동력이다.

딸칵.

-아포칼립스 길드, 나찰산 25층을 정복하다.

「나찰산을 공개한 아포칼립스 길드가 정복전에 나서고 벌써 26일째. 하루에 1층꼴로 나찰산을 정복하던 아포칼립스 길드의 공격대가 25층마저 정복하며 세간의 관심을 끌고 있습니다. 25층은 '검은 수레'라고 하는 특이한 형태의 괴물들이 존재하며…….」

민식이의 사진과 30명가량의 대원의 모습이 보였다.

화기는 안 되지만, 문안에서도 카메라는 작동했다.

하여간에…… 민식은 모든 행동을 기록으로 남기고 대대적으로 선전하는 데 사용하는 중이었다. 아마도 지금 녀석은 각성자의 '이미지'를 만들고 있는 것일 테다.

나는 기사에 달린 댓글 쪽으로 시선을 옮겼다.

　-와, 저 괴물은 또 뭐야? 진짜 지구가 멸망할 징조인가?(cjdd****)

　-지구로 오기 전에 죽이면 된다던데…… 사실이겠죠? (bobo****)

　-ㅋㅋㅋ 병신들. 저게 뭐 대단한 거라고(sson****)

　└어디서 개가 짖네(toto****)

　└옛다 관심(2wee****)

　-너무 무섭다!(seiz****)

　-아포칼립스 길드 파이팅! 민식 님 너무 멋져요!(tuli****)

　-판타지가 따로 없구만(goraz****)

고작 수십 일밖에 안 지났는데 댓글들의 반응이 너무나도 자연스러웠다. 얼마나 많은 언론에서 다루고 노출되었으면 이런 반응들인 걸까.

보통이라면 괴담으로 취급하며 정부 차원에서 제재가 들어가야 정상이었다. 하지만 모두가 공생 관계가 된 것처럼 하나 되어 움직이고 있었다.

비판적인 기사들도 있었지만, 대부분이 각성자를 호의적으로 바라봤다. 게다가 던전과 초인의 출현으로 열광하는 분위기가 거셌다.

딸칵.

[아포칼립스 길드의 공식 홈페이지입니다.]

공식 홈페이지도 존재했다.

게다가 홈페이지의 가입자가 200만 명이 넘었다.

홈페이지의 내용들은 간단했다.

괴물의 종류나 사냥하는 방법 등을 알려주며 가이드를 제시하고 있었는데 마치 '게임 홈페이지'와 같은 분위기를 조성시켜 자연스럽게 적응하도록 만들어졌다.

과거 몇 번의 시행착오 끝에 이러한 방식이 가장 대중이 익히기 쉽다고 판명이 난 바가 있지만, 이번에는 시작부터 단번에 뿌리가 내리도록 한 것이다.

그러다가 한 글의 제목이 내 눈길을 사로잡았다.

―오늘 괴물 멧돼지를 주먹 한 방에 골로 보내는 남자를 봤어요!

「하필이면 1층부터 괴물 멧돼지한테 쫓겨 가지고 죽을 뻔했는데 한 남자분이 저희를 도와주셔서 살았어요! 주먹질 한 번에 멧돼지가 막 피를 터뜨리면서 죽더라고요. 아포칼립스 길드원 중에서도 권사가 몇 명 있는 걸로 아는데 그중 한 분일까요? 그런데 너무 불친절했어요. 힝.」

└괴물 멧돼지를 주먹 한 방에? 허언증이세요?

└네, 다음 꿈.

└아포칼립스 길드의 대표 권사라면 손오혁 님 아닌가요? 동영상 보면 그분도 괴물 멧돼지 잡는 데 주먹 세 번 정도 쓰시던데.

└저는 새끼손가락만으로 괴물 멧돼지 사냥할 수 있는데요? 뭐 그게 대단한 거라고ㅎㅎ

└나는 코딱지로도 죽일 수 있음.

└머리카락 한 올이면 충분한 거 아니었어?

인터넷 시대는 역시 뭐든 빠르다는 걸 느끼며 작게 혀를 찼다.

'가면이라도 써야겠군.'

맨 얼굴로 대외적인 활동을 하는 건 그다지 좋은 선택이 아닌 것 같았다. 아예 사람들의 발이 닿지 않은 '문'을 열고 들어가려는 게 아니라면 좌우지간 대책이 필요할 듯싶었다.

하지만 부정적인 일은 아니다. 적어도 민식의 노림수가 무엇인지 대강 알 수 있었다.

'최대한 빠르게 각성자들이 사회에 녹아들도록 만드는 것.'

과거엔 문제가 많았다. 돌연히 늘어난 각성자들을 제지할 방법이 없어서 대립하고 싸웠으며 그 파장으로 여러 집단들이 파생되었다.

자체 정리가 되는 데 3년은 넘게 소모됐다. 대부분의 사람이 각성을 한 뒤에도 싸움의 잔재가 남아 가뜩이나 좁은 땅덩어리가 수십 갈래로 나눠졌다.

그 과정을 다시 밟을 순 없다. 그래서 민식이 녀석은 자신을 중심으로 하는 카르텔을 만들고 있었다. 가장 강력한 영웅으로 조명받으며 동시에, 각성자의 이미지를 만들고 서서히 사람들을 문으로 유입시켜서 자연스럽게 힘을 뭉치려는 셈이겠지.

'내가 할 일을 대신해 주는 건 고마운데.'

민식이가 없었다면 대부분 내가 했어야 할 일이다.

물론 방식의 차이는 있었겠지만.

약간의 우려는 있다. 당장은 좋은 취지가 분명하지만, 과연 변질되지 않을까?

'사람은 힘을, 명예를, 권력을 얻으면 변질되고 만다.'

나는 그 모습을 너무나도 많이 봤다. 지금 당장 민식이의 의지는 확고했지만 저게 변질되지 않으리란 법은 없었다.

나도 그럴 뻔했으니까. 그런 유혹을 수없이 받았으니까.

아니, 우리엘 디아블로의 강림으로 모든 영웅이 죽지 않았다면 나는 분명히 변질되었을 것이다. 그들의 죽음이 내 어깨 위에 있었으니 나는 변할 수 없었다.

하지만…… 민식이도 그럴까?

'녀석은 오히려 나보다 더 유혹되기 쉬운 자리에 오르고 있으니.'

지금부터 달리면 녀석을 제지할 자는 없을 것이다.

무소불위의 권력.

지금도 정부와 재계, 언론마저 움직이고 있지 않은가.

아포칼립스 길드는 하루가 다르게 변신하는 중이었다. 이 대로 한국을 넘어 세계로 뻗어 나갔을 때, 과연 민식이 지금의 의지를 지킬 수 있을지에 대해선 나조차도 확신할 수 없었다.

그러니.

'역시 모두 맡겨놓을 순 없단 말이지.'

가만히 턱을 쓸었다.

아포칼립스 길드가 모든 걸 독식해선 안 된다. 독과점의 폐해는 굳이 설명하지 않아도 그 결과를 알 수 있었다.

나는 몇 가지 선택지 중 하나를 골라야 했다.

'녀석의 길드에 사람을 심거나, 혹은 다른 길드를 의도적으로 밀어줘서 키워주거나, 그것도 아니면 내가 길드를 만드는 건데.'

지배자의 권능으로 사람을 심는 건 간단하다. 최측근 몇 명만 지배하면 내 의지에 따라서 조금은 성장세를 늦추거나 방해할 수 있을 것이다.

하지만 마음에 안 든다.

그런 방식은 한계가 있다.

내가 길드를 만들고 키우는 건 시간이 너무 많이 걸린다. 지금은 내가 성장하기도 바쁜 시기다.

하는 수 없이 다른 자를 밀어주는 수에 대해 고민해 보았다.

'밀어준다. 그러려면 마땅한 인물이⋯⋯.'

두뇌가 풀가동됐다.

길드를 만들고 키우는 데 적합한 인물들이 내 머릿속에 그대로 저장되어 있다.

추리고 추려서 몇 명의 후보를 골랐다.

"인간문화재 이문주, 마도공학자 김아연, 대사부 박사부, 성왕 오채령."

펜을 굴려 종이에 적었다.

당장 떠오른 건 이 넷이다.

영웅이라 칭해도 부족함이 없으며 사람들을 이끄는 데 특화된 자들.

하지만 지금 시기에 이 넷이 어디에 있는지 알 길이 없었다.

그래도 기억이 나는 대로 관련된 사항을 종이에 적어보았다.

덜컹! 덜컹!

책상 위에 올려뒀던 공간의 보석이 마구 흔들리기 시작했다.

천천히 손으로 공간의 보석을 한 차례 훑자, 이내 빛이 맴

돌며 바로 옆으로 이타콰가 모습을 드러냈다.

크르릉!

나타나자마자 이타콰가 콧김을 뿜었다.

이타콰 하나만으로도 방이 가득 찬 기분이었다.

고개를 숙여도 천장에 머리가 닿았다. 누군가가 봤다면 기겁부터 할 장면. 설마 누가 용을 집에 풀어놓을 생각을 하겠는가.

확실히 이타콰가 조금 더 크면 자제해야 할 행동인 듯싶었다.

"그래, 일단 밥부터 먹자."

고개를 내저으며 자리에서 일어났다.

라면과 캔 종류의 음식이 냉장고에 있는 걸 기억해 냈다. 그 정도면 허기는 달랠 수 있을 것이다.

강남역 주변의 카페에 자리를 잡고 앉아 있자 머지않아서 모자를 쓰고 선글라스와 마스크를 착용한 여인이 조심히 내 앞에 앉았다.

"무슨 범죄라도 저지른 건가?"

"농담할 기분 아니에요, 한성 님."

피식 웃었다.

시리아의 성격은 여전했다.

그녀는 마스크를 내린 채 앞에 놓인 컵의 뚜껑을 열고 아메리카노를 시원하게 원샷 했다.

"목이 많이 말랐나 보군."

"당연하죠. 길드 눈 피하랴, 사람들 눈 피하랴……."

"잘 지냈나?"

"잘 못 지냈어요."

시리아의 음성이 많이 수척했다. 생각보다 고생을 많이 한 모양이었다.

"그동안의 경과를 조금 듣고 싶은데."

"좀비킹 아크시즈는 성공적으로 잡았어요. 한성 님의 조언 덕분이에요."

"그다지 어려운 일은 아니었으니까."

"어려운 일이 아니었다고요?

시리아가 작게 주먹을 쥐었다. 원래 성격이 나온다. 조용하고 차분하지만 화가 나면 누구도 못 말리는 게 시리아였다.

이어 시리아는 기가 막힌다는 듯이 말했다.

"민식, 그자는 미쳤어요. 사람들한테 악마의 인장을 박고 조종하고 있다고요. 저는 제 직업 특성상 악마의 인장이 통하지 않았지만…… 덕분에 길드에서 주요 감시 대상이 되었죠."

그제야 이해가 됐다.

어떻게 이리도 빨리 모든 상황을 정리할 수 있었는지.

더불어 시리아가 모습을 가린 채 이곳에 온 이유도.

시리아가 숨을 크게 들이마시며 마음을 차분하게 가라앉혔다.

"요즘은 매일 나찰산에 오르고 있어요. 뉴스 보셨나요?"

"25층에 올랐다지?"

"아뇨, 32층이에요."

"뉴스에선 25층이라던데?"

나는 잠시 이맛살을 구겼다. 벌써 32계층이라고?

대외적으로 밝혀진 것과 7단계나 차이가 난다. 하물며 33계층은 '팔라딘'이라 이름 붙은 장비를 구할 수 있는 장소다. 나는 그곳에서 승천자의 망토를 얻고, 승천자의 의식을 깨며 나찰각에 들어갔지만…….

"보여주기 용이에요. 왜인지는 모르겠지만 민식은 무언가를 경계하고 있어요. 자신의 모든 걸 보이려고 하지 않죠."

아아.

아마도 알레테이아의 잔당들을 걱정하는 것일 테다. 녀석은 알레테이아의 신도들이 회귀했을 가능성 역시 버리지 않고 있었다.

시리아가 계속해서 입을 열었다.

"32층에 들어선 건 이틀 전이에요. 33층은 만반의 준비를 해야 한다며 잠시 휴식을 가장한 수련을 하고 있고요."

"알려줘서 고맙군."

"더 궁금하신 건 없나요?"

"기밀을 다 알려줘도 괜찮은 건가?"

"한성 님은 제 은사시니까요."

시리아가 산뜻하게 미소 지었다. 딴에는 속이 시원하다는 표정이다.

나로선 잘된 일이다. 시리아는 내게 무언가를 감추려는 의도가 전혀 없었다.

궁금하던 정황들을 알게 되었다. 민식이가 어떠한 방법으로 공룡들을 움직이고 있는지 말이다.

'악마의 인장이라.'

하필이면 흑마법에 손을 대다니.

내심 혀를 차고 말았다. 마검사의 특성으로 흑마법이든 백마법이든 익히는 건 가능했지만 과거 내가 흑마법을 군이 익히지 않았던 건 그 특수성 때문이었다.

흑마법이라 칭해지는 것들은 부작용이 있다.

악마의 인장은 시전자의 심장에도 부담을 준다. 나는 마검사였고, 말 그대로 검사의 역할도 해야 했기 때문에 신체에 무리가 가는 마법을 억지로 익힐 필요가 없었다.

'그만큼 급하다는 뜻이겠지.'

녀석은 모든 걸 개혁하길 바란다. 혼자서 모든 일을 진행할 순 없으니 악마의 인장이란 극단적인 수를 써서라도 어떻게든 태엽을 감으려고 하는 것이다.

"한성 님은 어떻게 지내셨나요?"

"나도 나찰산을 올랐다."

"예?"

"33계층은 쉽지 않다. 하지만 포기하지만 않으면 그에 상응하는 보상을 받을 수 있을 거다."

시리아가 내게 모든 걸 드러내겠다면 나도 감추고픈 마음은 없었다.

과거의 연인이어서 그런 걸까. 아니면 그녀는 믿을 수 있는 몇 안 되는 사람이란 인식이 강해서일까.

내 대답을 듣고 시리아의 눈이 화등잔만 하게 커졌다.

이후 고개를 들이밀며 최대한 작게 물었다.

"설마…… 잠깐, 잠깐만요. 그럼 몇 층까지 오르셨다는 거예요?"

"그것까진 기억이 안 나는데."

33계층의 시련을 깨고 다시 눈을 떴을 땐 이미 나찰각이었다.

확실한 건 나찰각은 90계층 이상에 존재한다는 것이다. 여

러모로 알아본 결과였다. 90계층 이상부터 야차들의 '산'이

존재하며, 대아귀들도 심심치 않게 있지만 그만큼 강한 야차

전사도 많았다. 나찰각이 전부가 아니라는 말이다.

시리아의 눈이 반짝반짝 빛났다.

"어쨌거나 33계층은 올랐다는 거죠?"

"그래."

"세상에!"

순간적으로 주변의 시선이 몰렸다.

시리아는 급히 자신의 입을 막곤 고개를 숙여 보였다.

잠시 후 모든 시선이 걷힌 다음에야 시리아는 조심히 입을

열었다.

"그러면 알라무어의 창고 몇 개가 비어 있던 것도 이해가 되

네요. 우리는 그 고생을 해가면서 겨우 올라갔는데…… 휴."

이타콰와 함께한 게 컸다.

녀석의 신체 능력은 가공할 정도이니. 나 혼자서는 힘들었

을 것이다.

나는 한 차례 어깨를 으쓱했다. 시리아가 놀라는 모습을

보니 내심 재미가 있었다. 그녀의 이런 모습은 굉장히 희귀

했기 때문이다.

과거 성녀였을 시절, 그녀는 이미 더없는 강자였고 고작

이런 일로 놀라지도 않았다. 이런 면에서 보면 확실히 달랐

다. 더 풋풋하다고 해야 하나.

"33계층에서 조언해 주실 건 그게 전부인가요? 포기하지 말 것?"

"민식, 그 녀석보다 먼저 포기만 안 하면 된다."

"왜 이래요. 저도 한 근성 하거든요?"

"그럼 다행이군."

시리아가 다시금 웃어 보였다. 굉장히 신이 난 표정. 그를 감추려고 하지도 않았다. 오히려 저번에 보았을 때보다 더 가까워진 느낌이었다. 그녀도 꽤 정에 굶주려 있는 듯했다.

주변이 소란스러워진 건 그 순간이었다.

"어, 뭐야? 손오혁?"

"권사 손오혁 말하는 거야?"

"와, 엄청 잘생겼다. 완전 조각이네, 조각."

"아포칼립스 길드 얼굴마담이라는 게 거짓말은 아닌가 보네."

건장한 남성 한 명이 카페의 입구로 모습을 드러냈다.

그러곤 주변을 두리번거리다가 내 쪽을 바라봤다.

이어 성큼성큼 발을 놀리며 다가온 남자가 시리아 앞에 섰다.

"시리아 님, 한참을 찾았습니다. 함께 돌아가시죠."

시리아가 한숨을 내쉬었다.

"제 마음대로 카페에서 커피도 못 마시나요?"

"시리아 님을 보좌하는 게 제 역할입니다."

"보좌가 아니라 감시겠죠."

"그런데 이 남자는 누구입니까?"

손오혁이 나를 향해 시선을 던졌다. 자신감이 넘치는 얼굴이다. 주변에서 떠받들어 준 사람만이 지을 수 있는 자연스러운 표정.

시리아가 선글라스를 바닥에 던지며 자리에서 일어났다.

"이봐요! 제가 누굴 만나든 그쪽이랑 무슨 상관이죠? 엄밀히 말해서 그쪽은 제 보좌도 아니고, 감시할 자격도 없을 텐데요?"

"제가 고백하지 않았습니까? 이제 그만 튕기십시오."

"잠깐…… 명백하게 거절했지 않았나요? 혹시 금붕어이신가요?"

동시에 주변이 시끄러워졌다.

사람들이 웅성대며 "시리아? 그 성녀 시리아?", "헐, 완전 대박사건", "소문이 사실이었어?"라는 등의 말을 서슴없이 내뱉고 있었다.

시리아는 지긋지긋하다는 기색을 그대로 내비쳤다.

그럼에도 손오혁은 아랑곳하지 않았다.

"일부러 튕기는 거 다 압니다."

"대체 무슨 자신감이죠? 전 당신 같은 스타일 완전 별로예요."

"저를 거부하는 여성이 있을 리 없지 않습니까?"

어마어마한 자신감이었다.

내가 끼어들 자리는 아닌 것 같았다.

저런 난장판에 굳이 들어가고픈 마음도 없었고.

나는 헛기침을 한 번 내뱉으며 자리에서 일어났다.

"그럼 나는 먼저……."

"이런 별 볼 일 없는 남자를 만나면서까지 제 질투심을 살 생각이었다면 착각입니다. 시리아 님에겐 전혀 어울리지도 않아요. 딱 봐도 약골에다가 얼굴도 변변치 않지 않습니까?"

"말 다 했어요?"

시리아의 주변으로 빛의 덩어리들이 뭉치기 시작했다.

이처럼 선명한 빛이라니. 빛의 정령 모두를 소환한 것이다.

아무리 그녀가 회복 계열이라지만, 공격을 못 하는 건 아니었다. 정령을 이용한 기본적인 타격은 가능했다.

사나운 눈빛. 화가 머리 끝까지 차올랐다는 방증이었다.

"뚫린 입이라고 함부로 말하는데 그 입, 제가 봉해드리죠."

"정면 대결에서 권사라 불리는 저를 이길 수 있다고 생각하는 겁니까?"

"닥쳐요."

빛의 정령이 움직이기 시작했다.

내 눈엔 보였다. 본래라면 계약자 외에는 보이지 않아야 정상이지만, 무한의 개념을 깨달은 뒤로 나는 정령을 볼 수 있었다.

급히 시리아와 손오혁의 사이에 섰다.

이후 시리아를 바라보며 말했다.

"워워. 굳이 싸울 필요는 없잖아?"

"하지만……."

"악의가 있어서 그런 건 아니겠지. 시간도 늦었고, 슬슬 돌아가야지?"

애당초 시리아가 화를 내는 건 손오혁이 나를 모욕했기 때문이다.

당사자인 내가 나서자 시리아가 입을 꾹 닫고 고민하다가 고개를 끄덕였다.

"……알겠어요."

"고마워."

이후 몸을 돌려, 손오혁을 바라보며 손을 내밀었다.

"손오혁 씨, 만나서 반가웠습니다. 팬인데 악수 한 번 해도 될까요?"

"뭐? 악수?"

딱 봐도 벌레 보듯 바라보는 눈빛이다.

아마도 있는 집 자식이겠지. 생긴 것도 훤칠하고, 힘도 얻었으니 세상 무서운 게 없는, 그런 녀석이었다.

잠재력은 꽤 준수하지만 햇병아리. 이런 놈은 오래 못 간다.

이내 손오혁이 다른 생각이 났다는 듯 작게 미소를 지었다.

"흐음, 그래. 악수쯤이야 해주지."

손오혁도 내 손을 맞잡았다.

쯔아악!

이윽고 있는 힘껏 힘을 주었다. 아마도 내가 비명을 내지르길 바란 것일 테다. 아예 뼈를 으스러뜨릴 각오로 힘을 주고 있었다.

하지만 내 표정은 하등 달라질 게 없었다.

이에 손오혁이 의아해할 때쯤, 나도 웃으며 손에 힘을 주기 시작했다.

"……!"

손오혁의 얼굴이 점차 빨갛게 익어가고 있었다.

비명이라도 지르고 싶지만 자존심이 상해서 참고 있는 표정이다.

빠드드득!

이를 갈고 눈은 충혈됐다.

아예 토마토처럼 전신이 새빨갛게 달아올랐다.

그래도 끝까지 비명을 안 지르는 건 높게 사줄 만했다.

이후 나는 아주 천천히 손을 놓았다.

근육과 뼈가 눌려서 앞으로 일주일은 주먹을 전혀 쓰지 못할 것이다. 33계층에 오를 때도 이 부상 때문에 조기 탈락하리라.

33계층은 한 사람당 한 번밖에 도전하질 못하니 뼈아픈 손실이 아닐 수 없다.

"후욱! 후욱!"

손이 풀리자마자 손오혁이 급히 붉어진 손을 부여잡았다. 식은땀을 주륵주륵 흘러댔다.

이를 악문 채로 믿기지 않는다는 듯 나를 쳐다봤고, 나는 손오혁은 안중에도 없다는 듯 고개를 돌려 시리아를 향해 웃으며 말했다.

"그럼 이만."

나는 뒷짐을 진 채 한없이 느긋하게 카페를 벗어났다.

22장
균열의 조각

　카페를 나선 뒤 나는 피식거릴 수밖에 없었다. 고작 그 정도의 일. 마음 같아선 바닥에 머리를 찍어버리고 싶었으나 그런 일로 감정이 폭주하기엔 나는 너무 많은 걸 겪었다. 그럼에도 아주 참지 못한 걸 보면 역시 인간이기 때문일는지.

　지금의 나는 시리아와 깊은 인연이 있다고 말하긴 어렵다. 나 역시 명백하게 '선'을 긋고 있었으므로. 선을 긋지 않았다면 시리아를 아포칼립스 길드에 두고 오진 않았을 것이다. 그것을 시리아도 느꼈기에 굳이 '나를 따르겠다'며 부담을 주지 않은 것이고.

　서로가 배려 아닌 배려를 하고 있었다.

　'지금은 이 정도 관계가 제일 좋아.'

특히 나와 깊게 엮여서 좋을 게 없었다. 내가 말하기도 뭣하지만 앞으로의 나는 위험을 몰고 다닐 가능성이 높았다. 차라리 민식이가 정통이라 할 만큼 파격적인 행보를 거듭할 수도 있을 것이다. 머릿속에 떠오르는 몇 가지 구상만 살펴봐도 지금의 거리를 유지하는 편이 서로에게 좋았다.

나는 천천히 거리를 걸었다.

수많은 사람이 얽히고설키며 자신의 길을 걸어가는 게 보인다.

'오십 명 중 한 명은 각성을 했다.'

심안을 열고 돌아다닌 결과, 생각보다 많은 사람이 각성을 마친 상태라는 것을 알게 되었다. 하기야 '문'이 열린 곳은 나찰산만 있는 게 아니었으니까. 민식이 녀석은 고의적으로 비교적 낮은 등급의 '문'들을 계속해서 열고 있는 것 같았다.

아마도 민식이만이 아니라 아포칼립스 길드에서 자체적으로 인원을 차출해 그러한 일들을 행하고 있는 게 분명했다. 각성하는 조건은 문에 손을 대기만 해도 충족이 되니 말이다. 그리고 모든 문이 위험한 것도 아니었다.

'잠재력의 평균치는 달라진 게 없군.'

250. 많아 봐야 300.

그 이상을 넘는 경우는 거의 없었다. 각성의 시기가 빨라졌다고 하여 인류의 성장 가능성이 높아진 건 아니라는 뜻이다. 대신 더 많은 기회와 변화를 얻었다는 데 의미를 두었다.

"맞춤 팔찌 만들어드립니다."

"가전 도구 싸게 팔아요."

말하건대 이러한 변화들.

생산직의 직업을 가진 각성자들이 벌써부터 활동을 하고 있었다.

노점을 펴거나 아예 가게에서 관련된 직업을 가진 사람을 고용하여 홍보하며 남들과의 차별성을 언급하기 시작했다.

인터넷에서도 비슷한 일들이 벌어지고 있었다.

같은 가격이라면 더욱 좋은 품질을 찾는 게 당연한 법. 그래 봤자 1~2Lv 스킬일 테지만 아예 없는 것과는 분명히 차이가 났다.

세상은 빠르게 변하는 중이었다. 이 변화에 적응하지 못하는 사람은 도태될 것이며, 적응한 사람만이 앞으로의 세계에서 원하는 바를 이룰 수 있을 터였다.

'치킨……'

문득 길을 지나가다가 치킨집 하나를 발견하곤 멈춰섰다. 변화가 시작되었고 내 입맛도 마찬가지였다.

나는 욕망을 이기지 못하고 치킨집으로 발을 들였다.

4평 남짓한 공간. 인자한 아주머니가 나를 바라보며 말했다.

"뭐로 드릴까요?"

"양념 통닭…… 아니, 후라이드 반 양념 반 포장이요."

나찰각에 있으면서 먹지 못했던 음식이다. 한국이 멸망한 뒤로는 제대로 된 치킨을 먹어본 적이 없었다. 왜 이제야 이게 생각난 건지.

자고로 참으면 병나는 법이다.

15분가량이 지난 후, 나는 포장된 닭을 들고 치킨집을 나섰다.

냄새만 맡았는데도 입안에 침이 고였다.

'닭 한 마리에 이토록 떨리다니. 어렸을 때로 돌아간 기분이로군.'

잘 기억은 안 나지만 부모님이 일을 끝내고 돌아오실 때 닭 한 마리만 손에 쥐어져 있으면 그렇게 행복할 수가 없었다.

향수. 오랫동안 못 느꼈던 감정이 조금은 살아나는 것 같았다.

무슨 맛일지를 상상하는 것만으로도 입가에 잔잔한 미소가 꽃폈다.

세상은 급진하고 있었지만, 변하지 않았으면 하는 몇 가지 가치가 있는데 어쩌면 치킨도 그중 하나일지 모르겠다.

'변화가 시작된 만큼 사람들의 욕망도 커졌다.'

멀쩡히 걷고는 있지만 내겐 그들의 욕망이 들렸다.

에인션트 원. 관리자로서의 권한이 꿈틀대며 그들의 기억이나 감정 따위를 내게 보여주기 시작한 것이다.

'……이번에야말로 성공할 거야.'

'이 힘이 있으면 달라질 수 있을까?'

'다른 사람은 몰라도 내 재능은 확실해. 한번 꽃피워 보는 거야! 누구도 나를 무시할 수 없도록.'

부정적인 생각을 가진 사람은 의외로 없었다. 자신에게 주어진 능력을, 재능을 두 눈으로 확인할 수 있었고, 그것을 개화시킬 가능성마저 얻었기 때문이다.

단순히 강렬했던 과거의 기억만을 볼 수 있을 줄 알았던 내 생각이 틀렸다는 걸 증명해 주는 장면들이었다. 수없이 많은 사람이 모여 감정이 폭발하는 장소. 적어도 이곳에서만큼은 나는 그들을 읽을 수 있었다.

'저건?'

하지만 모두가 긍정적인 건 아니었다.

'돈. 돈. 돈! 지긋지긋해. 왜 난 행복할 수 없는 거지?'

고개를 돌렸다.

엄청난 악의가 한 장소에서 피어나고 있었다.

나는 손을 들어 두 눈을 비볐다.

한 여인이었다. 여인의 주변으로 검은색 아지랑이가 솟구치고 있었다.

'잘못 본 건 아닌데.'

이런 적은 처음이었다. 저 아지랑이는 여인이 가진 '악의' 그 자체였다. 하지만 내 눈으로 저러한 감정들이 색깔을 가지고 보인 일은 결단코 없었다.

나는 가만히 여인을 쳐다봤다. 그러자.

'오후 3시 34분. 김한명 씨, 사망하셨습니다.'

'돈 내놔, 이년아. 네 아비가 빌린 돈! 보험금 나왔을 거 아니야?'

'엄마란 사람이 보험금 들고 도망갔다며? 매일 깡패들이 들락날락거리던데…….'

'학자금 대출, 서민 대출, 전세 대출, 대출, 대출, 돈만 들어오면 다 나가는구나. 하루에 알바를 다섯 개씩 해도 부족해. 내가 사는 의미가 있는 걸까?'

'똑바로 일 못 해? 이래서 부모 없는 자식은 안 된다니까.'

'정 돈이 없으면 몸이라도 팔든가. 퉤!'

'뇌졸중과 급성 심근경색입니다. 젊을 때는 잘 안 나타나는 병인

데, 다행히 늦지는 않아서 수술하면 괜찮아질 겁니다. 앞으로 무리가
되는 일은 하지 마세요.'

수많은 기억이 내 머릿속에 들어왔다.

여인은 천성이 착했다. 노력가의 기질을 타고났다.

불운한 가정사 속에서도 포기하지 않으려고 했다.

하지만 단 한 번의 행복한 모습도 보이질 않았다.

시간이 지날수록 웃음기는 사라졌고, 의사의 판정을 들었
을 땐 더 이상 희망이 없음에 눈물마저 흘렸다.

결국 그녀는 비관적으로 변했다.

그리고 마지막으로 그녀의 의념이 내 귓가를 간질였다.

'다 죽여 버릴 거야. 나보다 행복한 사람은 전부!'

여인은 양손을 회색 후드 주머니에 넣고 있었다. 하지만
나는 양쪽 손으로 빠르게 마력이 모여들고 있다는 걸 깨닫게
되었다.

'폭발 마법.'

여인은 화(火)의 속성을 가진 마법사였다.

그녀의 양손에 뭉쳐지는 마력들. 마력이 모두 뭉치거든 폭
발할 것이다. 온갖 분노를 담아서 폭사할 작정이었다.

여인이 있는 곳은 역의 주변이었고 수십, 수백 명이 얽혀 있는 장소였다.

당장은 능력치가 낮더라도 '자기희생'을 각오로 스킬을 사용하면 훨씬 큰 파괴력을 갖게 마련이었다.

나는 여인에게 다가갔다.

그리고 여인 앞에 서서 말했다.

"후회할 텐데."

"……."

"지금 네가 할 행동은 화풀이에 지나지 않아."

"당신…… 누구야?"

푸석푸석하게 각질이 일어난 입술. 얼굴은 이미 파랗게 질려 있었다. 오랜 시간 제대로 된 음식조차 먹지 못한 게 확실했다. 후드로 가려졌지만 머리는 산발이었고 두 눈엔 죽음이 가득 차 있었다.

"내가 누구인 건 중요하지 않다. 네가 앞으로 할 행동이 더욱 중요하지."

"네가…… 뭘 알아?"

"각성하며 너의 병은 없어졌다. 계속해서 아프다고 생각하기에 낫지 않고 있을 뿐."

각성이 또 다른 기회가 되는 이유 중의 하나였다.

모두가 그런 건 아니지만 병을 가진 사람들이 각성을 하며 때때로 치유가 되는 경우가 있었다. 그 기준은 밝혀진 바가 없으나 오랜 시간 고통을 겪은 사람은 높은 확률로 '강자'가 될 가능성을 가지고 있었다.

지금 눈앞의 여인도 마찬가지다.

이름: 김혜윤(value-지배 불가)

직업: 화염의 마법사

칭호: 없음

능력치:

　　힘 11 민첩 10 체력 9

　　지능 22 마력 22

　　잠재력(74/385)

특이 사항: 없음

스킬: 화염 폭발(1Lv)

내 기억 속엔 없지만, 훌륭한 가능성을 가지고 각성했다.

잠재력의 수치도 높았고 속성 마법사는 쉽게 가질 수 있는 직업이 아니다. 그러나 의아한 점은 있었다.

'지배 불가.'

민식이 이후로는 처음 봤다.

무언가 기준이 있는 걸까?

하지만 민식이는 눈앞의 여인과 같은 검은 기류를 갖고 있지 않았다.

'이 검은 기류는 모든 힘을 거부한다.'

확실한 건 마치 터지기 직전의 폭탄과 같다는 거다.

여인은 나를 노려봤다.

"네가 뭘 안다고, 무슨 자격으로 그런 말을 하는 거야?"

"죄 없는 사람들을 죽이면 기분이 나아질 것 같은가?"

"……!"

어깨가 미미하게 떨렸다.

나는 조심스럽게 손을 뻗어 여인의 어깨를 부여잡았다.

그러자 검은 기류가 내 손을 타고 올라왔다. 그녀의 극단적인 감정이 더욱 확실하게 느껴졌다.

"너에게도 잘못이 없다. 누구보다 노력했으니까. 도리어 칭찬을 받아 마땅하지."

나는 기억을 읽었다.

여인은 누구보다 노력했지만, 그 누구도 인정해 주지 않았다.

단 한 명이라도 제대로 인정을 해줬다면 미소를 잃지 않았을 것임에도.

이윽고 검은 기류는 나와 여인을 완전하게 감쌌다.

여인의 눈에 물기가 고였다.

"그럼…… 대체 누구 잘못이란 말이에요? 언제까지 참으란 말이에요?"

"참지 마라. 하지만 지금의 방식이 잘못됐다는 것만은 확실하다."

나는 잠시 망설이다가 왼손에 들었던 통닭 봉투를 여인에게 건넸다.

"오늘 하루만이라도 여유를 가져라. 집에서 네가 돌아오기만을 손꼽아 기다리는 동생과 함께. 그러면 내일부턴 모든 게 달라질 것이니."

스멀스멀 올라오던 검은 기류가 주춤했다.

그와 반대로 여인의 떨림은 더욱 커졌다.

"당신은…… 누구죠?"

"지나가던 사람."

그러곤 한 발자국 물러나며 지나가듯 말했다.

"네가 품은 불은 지금도 뜨겁게 타오르고 있다. 그 능력을 제대로 개화시킬 수만 있다면 바랐던 모든 걸 스스로 쟁취할 수 있을 것이다."

솔직히 이게 잘하는 짓인가에 대해선 확신할 수가 없었다.

하지만 그녀의 의지가 한풀 꺾인 건 분명하였다.

"잠깐……! 잠깐만요!"

스윽.

나는 발을 옮겼다. 인파의 속으로.

곧 여인의 시선에서 완전히 지워질 수 있었다.

🦋

이후에도 나는 멀찍이서 여인을 지켜보았다. 검은 기류와 지배 불가의 이유가 너무나도 궁금했던 탓이다.

첫날, 그녀는 달동네의 집으로 돌아가 동생과 함께 치킨을 먹으며 오랜만에 여유 있는 시간을 가졌다.

그다음 날 눈을 떴을 때, 그녀의 몸은 전과 달리 매우 가벼웠다. 머리를 쑤시던 두통도 사라졌다. 고작 하루의 여유가 확실한 효과를 발휘한 것이다.

그녀는 신기해하며 다시 구직 활동을 시작했다.

이후 찾은 곳은 꽤 큰 프랜차이즈의 닭집이었다. 나는 지배자의 권능을 사용하여 그 사장을 지배했고, 단번에 여인을 채용하도록 만들었다.

여태껏 한 번도 없었던 일이다. 달동네에 살고 몸이 부실하다거나 왜인지 음침해 보인다는 이유로 거절당하기 일쑤였기 때문이다.

좋은 일은 연달아 일어났다. 사채꾼들에게 미안하다는, 다신 찾아가지 않겠다는 문자가 날아온 것이다.

빚을 진 건 그녀의 아버지였고 돌아가신 시점에서 그녀는 채무의 의무가 없었다. 하지만 사채꾼들은 어떻게든 돈을 받아내려고 악착같이 몇 년이나 달려들고 있었다.

그 일을 행한 것 역시 나다.

기억 속에 사채꾼들의 생김새와 상호가 남아 있었기에 놈들을 일망타진하는 건 어렵지 않은 일이었다. 마지막으로 우두머리만 지배하면 탈이 날 염려도 없다.

그러자 여인의 주변을 맴돌던 검은 기류가 점차 엷어져 갔다.

변화가 시작된 것이다.

기분이 좋아진 그녀는 아르바이트가 끝나고 돌아가는 길에 다시 닭을 한 마리 샀다. 그리고 두 시간을 걸어 나를 만났던 역 앞까지 당도했다.

수많은 사람이 오갔지만, 그녀는 한 치도 움직이지 않았다.

몇 시간이고 계속해서 기다리던 여인은 밤이 늦은 다음에야 다시 걸어서 집으로 돌아갔다.

집으로 돌아가면 자신의 속에 잠재된 불을 깨웠다. 불이 더욱 활활 타오를수록 검은 기류는 반대로 약해져 갔다.

그 일을 몇 날 며칠이나 반복했고, 조금씩 엷어지던 검은 기류가 4일째 되던 날 완전히 사라졌다.

아니⋯⋯.

정확히 말하자면 그 기류들은 모두 나에게 흡수되었다고 해야 할 것이다.

그리하여 검은 기류가 모두 흡수되었을 때.

['관리자'의 권한으로 '균열의 조각'을 회수했습니다.]
[잠재 능력치 '1'을 획득했습니다.]

글귀가 떠올랐다.

균열의 조각!

검은 기류의 정체는 바로 그것이었다.

'지배 불가도 없어졌다.'

조각이 회수되자 여인에게 있었던 '지배 불가'도 사라져 있었다.

그리고 온갖 악의를 품은 기류는 내게 흡수됨과 동시에 또 다른 현상을 낳았다.

'잠재 능력치?'

나는 즉시 십자 인을 그려 상태창을 열었다.

이름: 오한성

직업: 천지인(天地人)

칭호:

- 오한성(無, 순수마력 10당 모든 능력치+1)

- 열두 시련의 파훼자(6Lv, 지능+9)

- 놀 궤멸자(5Lv, 체력+7)

능력치:

힘 53(48+5) 민첩 50(40+10) 체력 52(40+12)

지능 52(33+19) 마력 67(57+10)

잠재력(218+56/466)

잠재 능력치: 1

스킬: 심안(9Lv), 지배자(9Lv), 전이(???), 냉혈(2Lv), 칠흑의 손길(2Lv), 요리(1Lv), 정령사(4Lv), 진 · 탈혼무정검(6성), 백보신권(4성), 금강불괴(5성), 태을무극심법(2성)

착용장비: 요르문간드(2Lv, 지능마력+5), 승천자의 망토(민첩+5), 흑풍검

보유 포인트: 182,200pt

[잠재 능력치로 원하는 순수 능력치를 올리는 게 가능합니다.]
[균열의 조각을 회수하면 잠재 능력치를 획득할 수 있습니다.]

"……!"

원하는 능력치를 내 마음대로 올릴 수 있다니!

과거에도 수많은 사람이 방법을 찾고 바랐지만 이뤄지지

않았던 현상에 나는 눈을 더없이 크게 뜰 수밖에 없었다.

누군가는 말할 수도 있을 것이다.

고작 1 올려주는 게 뭐가 대단하느냐고 말이다.

하지만 길게 봐야 한다. 장기적으로 보아서 이 1은 결코 적은 수치가 아니다.

예를 들어…… 내 성장 가능성의 한계에 막혔을 때, '벽'을 넘어 그다음을 바라볼 때 이 수치는 굉장한 도움이 된다. 지금 당장 올리는 것보다 단일 능력치를 90 이상으로 끌어올리고 선택한다면 그 효과는 극대화되리라!

10에서 11이 되는 것과 90에서 91이 되는 건 하늘과 땅의 차이였다. 그 효율에 대해선 굳이 설명이 필요 없을 정도.

'효율 자체가 달라.'

단일 능력치 10은 성인의 평균치다. 11이 되면 10%가 강해지고 12가 되면 10에 기준하여 20%가 강해지는 식이다.

그런 식으로 30이 넘어가면 또 계산 방식이 달라진다. 과거 우리는 여러 방식으로 이에 대한 차이를 구하려고 했고, 꽤 근접한 결과를 낼 수 있었다.

30부터 50까진 10%가 아닌 대략 20%의 증감을 보였다. 이는 10에 기준한 퍼센트다.

그리고 50이 되면 또 늘어난다. 40%로.

지금 내 힘이 53이니 평균적인 성인 남성보다 8.2배의 악력 등을 가졌다는 뜻이었다.

이 구간이 70 정도까지 유지된다. 말하자면 힘 70은 일반 성인 남성보다 15배 강하다는 말이다.

70부턴? 다시 두 배가 된다. 80%. 그렇게 90까지 유지되고 90을 찍으면 10을 기준해 31배의 강함을 갖게 된다.

그런데 이 식이 90부터 바뀐다.

90부턴 1의 수치가 500%의 효율을 보인다는 통계가 있었다. 표본이 많지 않아서 확실하진 않지만…… 대략 100까지 이어진다고 하는데, 100부턴 또 기하급수적으로 높아진다고 하니 데몬로드의 강함이 어느 정도인지 대략 유추할 수 있었다.

대신 90부턴 그만큼 올리기가 극악하고, 잠재력이 높아도 올리지 못하는 경우가 부지기수다. 그럴 때 이 '잠재 능력치'는 엄청난 도움을 줄 것이다.

지금 내 신체 능력치는 50 근처를 왔다 갔다 한다. 단순한 계산으로는 일반 성인에 비해 7~8배 강하다는 뜻이지만, 힘과 민첩, 체력 등 모든 게 골고루 올라갔으니 이는 단순한 곱셈으로 계산해서는 안 되는 일이다.

내가 아무런 스킬이나 기술이 없다고 하더라도 단순히 신체 능력만으로 당장 100명은 너끈히 상대할 수 있을 터였다.

70이 넘고, 90이 넘으면?

천 명이 달려들어도 안 된다.

진정한 '괴물'이 탄생하는 순간이다.

'하물며 균열의 조각이 하나만 있는 것은 아닐 테니.'

잠재 능력치를 모을 수만 있다면 미래의 성장은 따 놓은 당상이었다. 게다가 특정 능력치가 낮으면 일어나지 않는 일이나 들 수 없는 장비도 있었다. 주로 마력이 그러했다.

머릿속에 광풍이 몰아닥치는 것만 같았다.

관리자의 권한. 내가 몰랐던 현상.

3개월 동안 해야 할 일이 정해진 느낌이었다.

나는 더욱 폭넓게 도시 전체를 이 잡듯 뒤지고 다녔다. 그녀는 더 이상 내가 손을 쓰지 않아도 알아서 일어나고 알아서 나아갈 것이다.

'사람이 변하는 계기는 의외로 간단하다.'

동시에 깨달았다.

김혜윤. 그녀에게 내가 조치한 것이라곤 말 몇 마디와 치킨 한 마리, 그리고 부당한 현실을 치워준 일뿐이 없었다.

그러자 그녀는 나날이 화색을 되찾았고 입가에 미소를 머금었다. 여전히 현실은 힘들지만 아주 약간의 변화가 본래 지녔던 '불'을 일깨웠다.

나는 역 앞에서 치킨이 든 봉투를 들고 서 있는 그녀를 바라보다 등을 돌렸다. 내가 다시 정면으로 그녀를 찾아갈 일

을 없을 것이다. 홀로 걷기 시작한 사람은 그 자체만으로
도 아름답다. 앞으로는 그녀 스스로 선택하는 삶을 살게
되리라.

모든 걸 지배하며 세상을 억지로 고쳐 나가겠다는 오만한
생각은 하지 않았다. 나는 그저 희망의 문을 두드리고 닫힌
꽃봉오리를 피우는 정도로도 만족할 수 있었다.

그리 마음먹자, 또 다른 변화가 생겼다.

[지배자로서의 또 다른 품격. 존중과 관용의 정신을 깨우쳤습니다.]
[지배자(9Lv) 스킬의 변화가 생깁니다.]
[선과 악의 개념이 생성되었습니다. 어떠한 지배자로 완성될 것인가
는 온전히 사용자의 몫입니다.]
[선의 수치가 높으면 지배하는 대상의 사랑, 신뢰, 헌신을 얻을 수 있
으며, 악의 수치가 높으면 복종, 종속, 권위를 얻게 됩니다.]
[선과 악의 수치에 따라 지배자에게도 미미한 변화가 생길 수 있습
니다.]
[지배하는 대상이 진화할 경우 선과 악의 영향을 받습니다.]

선과 악의 개념이 생성된 것이다.

내가 여태껏 행하고 걸어온 길들에 대하여 점수를 매기는
듯싶었다. 당연히 궁금증이 생길 수밖에 없었다. 하여 지배

자 스킬에 대한 상세 목록을 확대했다.

[선52: 악48]

그러자 이와 같은 비율이 나타났다. 선이 아주 조금 높았다. 사실상 크게 차이는 없다고 봐야 할 것이다.

지배자는 본래 우리엘 디아블로의 권능이다. 적어도 이 권능은 서로 연결되어 있으며 서로에게 영향을 끼친다. 아무리 내가 선하게 행동한다 하더라도 악을 완전히 몰아낼 순 없을 터였다. 물론 굳이 몰아내고 싶은 마음도 없었다.

나는 선하지 않다. 다만, 기준을 지킬 뿐이었다.

"오늘도 안 보이네."

여인, 김혜윤이 역 앞에 서서 작게 중얼거렸다.

"고맙다고 인사라도 전하고 싶은데······."

더 이상 그녀의 눈에는 죽음이 비치지 않았다. 아주 희망차다고 할 수는 없지만 적어도 변화의 과도기에 있는 건 분명했다.

저녁이 늦을 때까지 서서 기다리던 그녀가 다시 걸음을 옮기기 시작했다. 밤바람은 찼고, 몇 시간이고 서 있던 탓에 얼굴과 손도 빨갛게 물들었지만, 이제는 스스로 폭사할 생각을 하진 않을 것이다.

나는 멀리 있는 건물의 골목에서 그 뒷모습을 바라보다가 몸을 돌렸다. 인연이 있으면 또 만나겠지만 앞으로는 불꽃처럼 주변을 밝혀주는 삶을 살기를 바란다.

"각성자는! 물러가라!"

"물러가라! 물러가라!"

"초인 범죄! 웬 말이냐!"

"웬 말이냐! 웬 말이냐!"

이른 아침부터 도시는 시끌벅적했다. 급격한 변화에 따른 당연한 통증. 나는 그들을 지나쳐 서울 구석에 존재하는 한 대장간을 찾았다.

「철이 대장간」

제법 귀여운 이름의, 30평 남짓한 남루한 대장간.

나이가 연로해 작은 농기구만을 전문으로 다루는 주인 한 명을 제외하곤, 찾아오는 손님조차 이제는 거의 없는 작은 대장간이었다.

"대장간을 빌려 달라고?"

"예, 삼 개월 정도만 빌리겠습니다. 가격은 섭섭지 않게 쳐 드릴게요."

"흐으음, 나야 상관은 없는데…… 젊은이가 대장간을 빌려서 뭐 어쩌려고 그러나?"

"만들어 보고 싶은 게 있어서요."

작게 미소를 지었다.

돈은 딱히 부족함이 없었다. 많지는 않아도 생활 이상의 것을 할 수 있을 만큼의 현금을 보유하고 있었다. 게다가 포인트가 아닌 현금으로 일을 해결할 수 있다면 나로선 대환영인 일이다.

"젊은 사람이 특이하구만. 철 다루는 방법은 아는가?"

"대충은 압니다."

적은 기간 동안 익혔다고 하더라도 대장장이 스킬 9Lv의 장인인 은후에게 직접 배웠다. 그 지식과 느낌만은 확실히 간직하고 있었다.

"그러면 알아서 하시게. 어차피 이제 오는 손님도 거의 없으니까."

씁쓸함이 묻어나오는 말투였다. 하기야 대장간이라 이름 붙은 곳들은 다 죽어가는 실정이었다. 공장에서 무수하게 쏟아지는 요즘 제품들 때문이다.

수제는 비싸다는 인식 탓에 대장간을 찾는 이들도 뜸했다.

아마도 몇 년 안으로 이 대장간 역시 역사의 뒤안길로 사라질 것이다.

노인은 '오랜만에 일터를 비우고 여행을 갈 수 있겠군' 하며 시원하게 대장간을 빌려주었다. 주문이 들어오면 만들었던 듯 여분의 농기구도 없었고, 그나마 약간의 철을 준다고 해서 다행이었다.

그 즉시 나는 작업에 착수했다.

'균열의 조각도 찾고 기술도 쌓아야지.'

할 일이 많았다.

특히 대장장이 기술은 여러모로 중요했다.

진·탈혼무정검과 '바람', 그리고 태을무극심법을 익히는 데 망치질만큼 좋은 게 없었다. 균열의 조각을 찾는다고 다른 걸 등한시할 순 없는 노릇.

'게 아살의 창 조각과 크투가의 힘이 담긴 돌도 회수했으니. 이제는 달리는 일만 남았다.'

푸른 산호의 섬에서 비밀 경매로 얻은 물품들.

심연에서 보낸 두 물품을 어제 모두 회수할 수 있었다. 다행히 흰색 '문'의 크게 어렵지 않은 곳들이라 그냥 회수만 해서 돌아오면 끝이었다.

게 아살의 창 조각으로 말미암아 모든 능력치 +1의 혜택도 얻었고, 크투가의 힘이 담긴 돌은 특히 내 주요 관심사였다.

'처음엔 몰랐는데 막상 보니까 작은 모루같이 생겼단 말이지.'

현대의 모루와는 전혀 다른, 그냥 돌 받침대처럼 평평하긴 했으나 모루라고 해도 이상할 건 없을 듯했다.

그래서 한번 해보기로 했다.

밑져야 본전. 딱히 쓰임새를 찾은 것도 아니었으니.

깡-! 까앙-!

일망무제. 태을무극심법의 구결을 외우며 크투가의 돌 위에 철을 올려놓고 담금질을 시작했다. 철을 녹이고, 급랭하여 다시 치는 건 강철의 강도와 경도를 결정하는 매우 중요한 행위다.

'불이 더 잘 번지는군.'

불의 힘을 담은 돌이라서 그런 걸까?

예의 주시하느라 무아지경에 빠지진 못했지만 망치를 내려칠 때 바람의 기운이 내 손을 타고 그대로 흘러들어 가고 있었다.

이러한 바람은 강철을 냉각시키고 조직을 무르게 해 내부 응력에 의해 담금질한 강철이 다시 깨지지 않게 해준다.

한마디로 더 단단하게 만들어준다는 뜻이다.

거기다 돌의 화속성이 밑에서 강철을 계속 달구고 있으니, 본래라면 깨져야 할 힘에도 강철이 용케 버티고 있었다.

그렇게 네 시간을 들여 완성된 건 작은 단검 한 자루였다.

['단단한 단검' 이 완성되었습니다.]
[지능 보정(52). 대장장이 기술의 숙련도가 약간 상승했습니다.]

지능이 높으면 스킬의 레벨을 올리기 쉽다는 게 이러한 이유다.

게다가 단검의 날이 왜인지 뜨듯했다. 이에 의아함을 느끼며 관련된 설명을 띄웠다.

〈단단한 단검(value-330)〉

● 쉽게 안 부서지는 단검.

● 날카롭고 마감 처리가 잘되어 있다.

● 불의 기운이 담겨 철의 온도가 높게 유지된다. 더욱 쉽게 썰린다.

『초보 대장장이가 만든 단검입니다. 특별한 모루에 의해 불의 기운이 덧씌워져, 대장장이의 실력에 비해 좋은 단검이 완성되었습니다.』

뒤의 설명은 그다지 만족스럽지 않았지만 초보 대장장이가 틀린 말은 아니었다. 또한 실력에 비해 괜찮은 단검이 완성되었다는 것도 부정하기 어려웠다.

단검을 들고 스스로의 손가락을 작게 베어보았다.

체력이 높으면 이러한 위험이 가해졌을 때 평소보다 가죽이 두꺼워진다. 내 체력은 52에 육박했으니 이런 단검은 내 몸에 흠도 못 내야 정상이었다.

주욱.

약간 튕기는 느낌이 있긴 했지만 분명히 베였다. 좁쌀만 한 피가 손가락 위에 맺힌 것이다.

'정말 모루의 용도가 맞았던 건가?'

어쨌든 아예 못 쓰는 것보단 낫다. 크투가의 힘이 담긴 돌. 화(火)의 기운은 철과도 무척이나 어울렸다.

'계속해 보자.'

새로운 발견에 집중했다.

하루가 다르게 숙련도가 늘었다. 고작 1Lv에 불과했던 대장장이 기술이 불과 3일 만에 3Lv로 거듭났다.

엄청난 속도. 그만큼 집중한 덕이다.

"어구구구. 이 씨 없나?"

무명옷을 입은 백발의 노인이 대장간을 찾아왔다.

나는 잠시 하던 일을 멈추고 노인에게 다가갔다.

"3개월간 제가 잠시 빌렸습니다. 따로 연락을 해드릴까요?"

"아냐. 낫 하나 만들어 달려고 했는데 없으면 어쩔 수 없구만."

꽤 오래된 고객인 것 같았다.

노인이 등을 돌려 돌아가려고 할 때, 나는 노인에게 한마디 말을 건넸다.

"제가 하나 만들어 드릴까요?"

"젊은이가?"

"예. 뭐, 어려운 일도 아니고요."

"이 씨가 가르친 도제인가?"

"그건 아닙니다만."

"그럼 됐어. 이 씨가 만드는 낫은 10년도 거뜬히 사용할 수 있거든. 날이 잘 안 죽어."

본래 주문받은 것만 제작하는 대장간이었다. 딱히 홍보도 안 하고, 알려지지도 않아서 망해가고 있지만 실력은 반평생 이 분야에 종사한 만큼 뛰어났다.

그래서 손님들도 나름의 자부심을 갖고 있는 듯싶었다.

'녀석의 말이 사실이었군.'

이곳 대장간의 주인, 이 씨 노인의 자식을 나는 알고 있었다. 지금 시기라면 집을 나가서 혼자 살고 있을 테지만 나중엔 꽤 이름 있는 대장장이로 활동하게 된다. 내가 이곳을 찾은 것도 녀석의 말을 들어서였다.

"속는 셈 치고 맡겨보시죠? 별로면 돈 안 받겠습니다."

"흐음, 그렇게까지 말하면…… 알았어. 그렇게 하지. 언제

쯤 완성되겠나?"

"3시간이면 충분합니다."

"그럼 기다리겠네."

무명옷의 노인이 대장간 안에 대충 걸터앉고는 뻔히 나를 쳐다보기 시작했다.

나는 어깨를 으쓱하며 다시 화로 앞에 자리를 잡았다.

'농기구라. 새로운 도전이군.'

무기를 만드는 게 아니다. 농기구는 그 쓰임새부터가 다르다.

숨을 크게 들이마시고 화로에 철을 녹였다.

깡! 까앙!

담금질을 하고, 뜨고, 풀고, 그 과정을 계속해서 반복하며 강도를 높인다.

3시간 내내 나는 오로지 철을 다루는 것에만 집중하고 있었다. 이러한 집중은 태을무극심법의 조화를 높이는 데에도 도움을 준다.

게다가 망치를 휘두르는 것도 검을 휘두르는 것과 하등 다를 바가 없다. 나는 필사의 각오로 탈혼무정검을 펼치듯 망치를 다루고 있었다.

힘의 집중. 오로지 한 점을 꿰뚫어 영역을 넓혀 나간다. 철이 펴지는 걸 보면 묘한 쾌감마저 있었다.

틀을 잡고 낫을 완성했을 때, 전신엔 땀이 흘러넘치고 있었다.

"완성됐습니다."

낫을 건네자 노인의 눈빛이 확실히 달라져 있었다.

"확실히 이 씨의 도제는 아니군. 날이 서 있는 것이 농기구에 살(殺)이 배면 어쩌나 싶었는데 또 그건 아닌 것 같고……."

참 희한한 걸 봤다는 얼굴이었다.

노인이 5만 원권을 꺼내 턱 내밀었다.

"이렇게 많이는 필요 없습니다."

"써보고 별로면 환불받으러 올 테니 일단 받아두게."

이어 낫을 대충 봉투에 쟁인 노인이 뒷짐을 진 채로 대장간을 나섰다.

다른 사람에게 평가를 받는 건 처음이라 나도 조금은 떨렸다. 내가 만든 물건이 제대로 사용될지에 대해서 말이다.

특히 내 방식으로 만든 농기구로서는 어떨까 싶었지만, 그런 우려는 기우일 뿐이었다는 게 며칠 지나지 않아 확인되었다.

정확히 3일 뒤에 낫을 사 갔던 노인이 돌아와선 커피우유 하나를 건네며 척! 엄지를 치켜든 것이다.

"아주 좋았네. 이 씨가 만든 것보다 더 잘 베여. 도제가 아니라 이제 보니 어엿한 대장장이였구만!"

약간의 자신감을 얻은 나는 인터넷으로 발길을 돌렸다.

요즘은 인터넷 시대다. 나도 한때는 그 시대에 표류했던 사람이었다.

커다란 장터의 역할을 하는 카페를 찾곤 들어갔다.

하지만 시련이 있었다.

보안 문자를 입력하는 데 시간을 잡아먹다가 어렵게 회원 가입을 하고, 글 올리는 버튼을 못 찾아서 10분을 헤매다가 전체 게시판이 아닌 개별 게시판에 가야 글을 올릴 수 있다는 걸 깨닫고 장터로 향했다.

그리고 독수리 타법을 구사하며 겨우 글 하나를 게재할 수 있었다.

–철로 만들 수 있는 건 다 만들어 드립니다. 예약 순으로 만들어 드려요. 가격은 마음에 드는 만큼 쳐주세요.

ㄴ이건 또 무슨 자신감?

ㄴ선입금 사기 아니에요? 이런 내용은 거의 다 사기던데.

ㄴ가입하고 처음 올리는 글이네요. 공지 사항 안 읽어보셨는지?

올리기 무섭게 삭제됐다.

'공지 사항?'

눈썹을 구겼다. 겨우 올린 글이 삭제됐으니 기분이 좋을 리 만무했다.

하지만 공지 사항이 카페를 유지하는 데 필요한 규칙이란 걸 이내 떠올렸다. 나는 다시 공지 사항을 찾아보고 처음부터 끝까지 정독한 뒤 고개를 끄덕였다.

로마에 가면 로마의 법을 따르라.

가입 인사를 남기는 게 먼저였던 것이다.

'하긴. 나라도 다짜고짜 물건 파는 놈은 상종 안 하지.'

'안녕하세요'를 시작으로 장문의 가입 인사를 남긴 뒤 다시금 글을 기재했다.

이번엔 더 디테일하게 내용을 추가하였다.

-팔찌, 농기구, 검이나 특수 제작이 필요한 철로 된 물건들 만들어 드립니다. 위에는 제가 만든 물건들 사진이고요. 가격은 물건 받고 마음에 드는 만큼 쳐주세요.

└이놈 또 왔네.

└만들고 돈 안 드려도 되나요?

└오, 그럼 개꿀인데?

비판적인 반응이 이어졌다. 정작 문의가 오거나, 무언가를 구매하고 싶다는 종류의 댓글은 달리지 않았다.

나는 구형 노트북을 접고 어깨를 으쓱했다.

노인에게 농기구를 팔고 느끼게 되었다. 내가 만든 걸 누군가가 사용하고 인정했을 때 묘한 쾌감이 있었다. 성취감도 있었고, 더욱 정진해야겠다는 마음가짐도 들었다.

계기는 중요하다.

'만들고 버리긴 아까우니까.'

무엇보다 혼자 만들고 남은 건 결국 버리게 되어 있었다.

힘들게 만든 장비가 버려지는 것만큼 허무한 일은 없다.

하지만 주문을 받고 만들면 적어도 버려지는 일은 없을 것이다.

심법과 암령의 제어도 조금씩 숙련되어 가고 있었다.

후웅—!

한적한 대장간 안에서 백보신권을 펼쳤다.

주먹이 허공을 가를 때마다 기의 파장이 일었다.

흑풍검을 쥐면 자연스럽게 제천대성의 힘이 일어난다.

다른 검을 쥐면?

'검이 순식간에 상한다.'

암령, 제천대성의 힘을 버티지 못한 검이 날이 나가거나 균열이 생기는 등 빠르게 상한다. 몇 번이나 확인한 사실이다.

그 정도로 암령의 힘이 대단하다는 것이었으나, 이건 생각지도 못한 부작용이었다.

아무래도 내가 암령을 어느 정도 제어할 수 있기 전까진 아주 필요한 순간이 아니라면 백보신권으로 해결을 볼 수밖에 없을 듯싶었다.

게다가…… 백보신권의 묘리를 탈혼무정검에 적용시키는 게 불가능한 건 아닌 것 같았다.

'네 가지 속성. 그중에 바람과 백보신권은 비슷한 맥락이 많아.'

넓게 보면 백보신권은 바람을 다루는 힘이다. 100보 바깥에서 적을 타격하여 멸하는 기술. 바람을 지배하지 않고선 불가능한 일이었다.

나는 대장간의 끝에 돌멩이 하나를 세워뒀다.

'삼십 보.'

정확히 30보.

천천히 마력을 끌어올린다. 주먹의 주변으로 바람이 스민다. 이어 백보신권의 묘리로 허공을 타격하자.

펑!

돌멩이가 조각났다.

내가 깨우친 바람과 백보신권이 융화되었다는 방증이었다.

본래라면 30보 밖에서 돌멩이를 부숴 버릴 정도의 파괴력은 없어야 정상이었다.

기껏해야 20보가 한계. 하나 지금의 타격은 그 거리를 뛰어넘었다.

여기에 다른 기운을 더할 수 있다면…….

그리고 탈혼무정검과 결합이 가능하다면!

'벽을, 넘는다.'

나만의 신기원이 완성되는 셈이었다.

한바탕 백보신권을 연마한 이후 다시 노트북을 켰다.

댓글은 여전했지만, 메일 창 부분에 붉은 N 표시가 떠올라 있었다.

N을 클릭하자 처음 보는 메일 하나가 도착한 상태였다.

『멋쟁이신사 님 문의드립니다.』

─안녕하세요, 멋쟁이신사 님. 카페에 올라온 글을 보고 문의 드립니다. 제가 이번에 각성을 했는데 특이한 직업을 얻어서요. 양쪽 손에 착용할 수 있는 손갈퀴가 필요합니다. 모습이나 크기 같은 건 첨부해 놨는데 이대로 만들어주실 수 있을까요?

갈고리를 착용하는 직업?

'어쌔신이나 닌자와 관련된 직업인가 보군.'

첨부된 파일을 열자 겉멋이 잔뜩 든, 해골 문양이 새겨진 갈고리 형태의 손갈퀴 시안이 그림 파일로 떠올랐다.

　실용성은 그다지 없어 보였지만 몇 가지만 보완하면 나름의 틀은 갖출 수 있을 것 같았다.

　이것도 나름의 도전 욕구를 불러일으켰다.

『네.』

　답장을 보낸 뒤 어깨를 풀며 다시 화로 앞으로 앉았다.

　몸은 진즉에 풀었으니 이 달궈진 신체를 망치질로 승화시키리라.

　사실 권철순은 메일을 보내놓고도 별다른 기대를 하지 않았다. '혹시나?' 싶긴 했지만 돈이 없어서 대금을 마련할 여유가 되지 않았기 때문이다. 글을 올린 사람도 그다지 진지하게 보이진 않았던 탓에 잠시 시간이나 버린다는 생각으로 메일을 보낸 것에 지나지 않았다.

　'우연히 각성을 하긴 했는데.'

　쉐도우 어쌔신. 우연히 각성하고, 특이한 직업까지 얻었지만 단검 정도로는 사냥이 불가능했다. 직업 설명을 보니 평범한 어쌔신과 달리 전용 무기를 착용해야 능력의 효율이 올라가는 것 같았다.

직업에 맞는 무기를 끼면 뭔가가 달라질지도 모른다는 일말의 기대감으로 메일을 보낸 것이다.

'나찰산에 올라가면 돈을 꽤 벌 수 있다던데.'

나찰산의 괴물을 죽이면 아주 극악한 확률로 보석을 얻을 수 있고, 그것을 아포칼립스 길드에 팔면 1억이 넘는 돈을 받을 수 있다고 한다. 또한 나찰산 곳곳에 숨겨진 보물들도 꽤 높게 값을 쳐준다고 했다.

몇 번 가도 허탕만 치기 일쑤였지만 제대로 사냥을 할 수 있게 되면 지금과 다른 생활이 가능해질 것이었다.

게다가 강해지면 아포칼립스 길드에 가입하여 월급을 받는 것도 가능하다. 백수 각성자가 달성할 수 있는 최고의 시나리오였다.

"택배 왔습니다!"

그때, 반지하 원룸 방의 문을 택배 기사가 두드렸다.

권철순은 고개를 갸웃했다.

부모님이 김치라도 보내주신 걸까?

힘들게 몸을 일으켜 문을 열었다.

"권철순 씨 맞으시죠?"

"예, 맞는데요."

"받으시고 사인해 주세요."

배송되어 온 상자는 꽤 컸다. 사인을 하고 양손을 벌려 상자를 받은 권철순은 즉시 집으로 들어가 상자를 뜯었다.

고무패킹 같은 것으로 감싸진 물건은 자신이 그려 보냈던 시안과 똑같이 생긴 손갈퀴였다.

권철순이 눈을 동그랗게 떴다.

'뭐야, 진짜 왔잖아?'

예기가 장난이 아니다. 대기만 해도 베어버릴 것 같다는 건 이런 느낌인 걸까.

전혀 기대도 안 했기에 놀라움은 배가 됐다.

허겁지겁 착용해 보았다.

조금 끼긴 했지만 보냈던 대로의 사이즈였다.

상자 안에 종이도 한 장 끼여 있었다.

–사이즈 조절할 수 있게 손 좀 봐놨어요. 그럼 잘 쓰세요.

종이에 적힌 내용은 심플 그 자체였다.

권철순은 침을 꿀꺽 삼키곤 고개를 끄덕였다.

그리고 즉시 나찰산으로 향했다.

그림자 어쌔신의 특성상 손갈퀴를 사용해야만 스킬이나 숙련도가 높아진다. 잔뜩 기대하며 괴물 토끼와 마주했고, 몇 번의 다툼과 추격 끝에 괴물 토끼를 사냥하는 데 성공했다.

'되, 된다!'

처음이었다. 생명을 죽였다는 무게감도 없지는 않았지만 각성한 순간부터 그런 감정은 꽤 미약해진 상태였다. 그보다는 처음으로 사냥에 성공했다는 기쁨이 더욱 컸다.

하물며 손갈퀴가 가죽을 가를 때의 느낌이 마치 종이를 찢는 것 같았다. 이처럼 날카로울 줄이야. 권철순은 신이 나서 사냥에 열을 올렸다.

"폼은 영락없는 초보자인데……."

"꽤 잘 싸우네?"

"괴물 토끼 가죽이 저렇게 잘 찢기는 거였어?"

간혹 보이는 사람들도 권철순이 사냥하는 모습을 보곤 한 번씩 감탄을 내뱉었다.

'이건 진짜다!'

권철순은 본능적으로 느낄 수 있었다. 다른 사람들이 사용하는 무기류보다 지금 자신이 착용한 손갈퀴가 훨씬 뛰어나다는 걸.

이만한 무기는 아포칼립스 길드원도 거의 가지고 있지 않았다.

사냥을 끝마치고 권철순은 다급히 집으로 돌아와 쉴 새도 없이 메일을 남겼다.

『멋쟁이신사 님! 잘 받고 잘 썼습니다!』

−제가 지금은 돈이 없어서요. 반드시 갚겠습니다. 호, 혹시 팔등에 덧대는 토시도 가능하시면…… 아니, 아닙니다. 어쨌든 이 은혜는 꼭 갚을게요! 제발 기다려 주시면 감사하겠습니다. 염치없지만…… 제가 함부로 평가할 물건은 아닌 것 같습니다ㅠㅠ

한 시간 뒤 답장이 왔다.

『그러세요.』

이건 쿨을 넘어서 또 다른 차원에 있는 것만 같은 답장 아닌가!

'이게 장인의 여유라는 걸까?'

권철순은 감동했다.

문득 멋쟁이신사가 올렸던 글에 비꼬는 댓글만 달렸던 게 떠올랐다.

이런 장인이 무시 받는 현실이 되어선 안 된다는 사명감이 문득 들었다.

그래서 아포칼립스 길드 홈페이지에 글을 올렸다.

−무기만 바꿨을 뿐인데 토끼 가죽이 종잇장처럼 찢기는 거 있

죠? 장터에서 '멋쟁이신사'님이 만들어주신 손갈퀴를 착용하니까 단검으로도 못 잡던 괴물 토끼를 잡을 수 있었어요. 이거 진짜 명품입니다!

어느 정도 시간이 흐르자 완벽하게 시간 배분을 할 수 있었다.

이른 새벽에는 신체의 단련을, 오후엔 대장간의 일을, 그리고 저녁엔 균열의 조각을 찾아 도시 곳곳을 돌아다녔다.

'주문이 조금씩 늘어나는 거 같은데.'

노트북을 열고 메일함을 확인한 뒤 입가에 미소를 지었다.

조금씩 소문이 퍼지고 있는 것인지 맞춤형 무기의 제작을 의뢰하는 사람이 늘어나고 있었다. 좋은 현상이었다.

대장장이 기술이라는 게 나 혼자만의 힘으로 올리는 데에는 한계가 있었다. 혼자만의 구상, 혼자만의 틀, 그런 것도 분명히 중요하지만 지금의 나에게 필요한 것은 다양성이었으므로.

여러 사람의 욕구를 충족시키며 보다 다양하게 접근하는 방식은 실제로 많은 도움이 되었다. 그사이에 대장장이 스킬의 레벨도 4에 이르렀다.

'4레벨부터 제대로 된 대장장이 취급을 받는다.'

이제는 초보자 티를 어느 정도는 벗었다고 할 수 있었다.

스킬 레벨 4에 도달하자 만들어지는 장비의 질도 더욱 좋아지고 있었다. 별거 아니지만 없는 것보단 나은 추가 옵션도 간혹 한 번씩 붙었다.

최대한 대장장이 스킬 레벨을 올리고 이후엔 내가 사용할 장비를 직접 만들어 볼 셈이다. 세계 곳곳에 거대한 '홀'이 열리고, 수많은 인종의 사람이 모여 경합의 장을 벌인다. 그곳에서 나를 감추고 7대 주선을 얻기 위한 갑옷을 만들 것이다.

'7대 주선은 양보할 수 없지.'

분명히 민식이도 7대 주선을 노릴 것이다.

거대한 길드를 가장 먼저 만들어냈으니 뒤이어 세계 곳곳에서 후발 주자들이 붙겠지만 규모나 질적인 측면에서 이미 아포칼립스 길드는 압도적이다.

그 힘을 바탕으로 7대 주선을 가지고자 하겠으나 이건 양보할 수 없었다. 아무리 아포칼립스 길드가 양과 질 모두를 잡았다고 하더라도 지금의 나를 막을 순 없으리라.

'7대 주선은 규격 외의 장비다. 요르문간드나 승천자의 망토와 같은.'

심지어 7개가 모두 모이면 그조차 뛰어넘을지도 모르는 엄청난 장비였다. 적어도 내가 알고 있는 장비 중에선 가장 뛰어났다.

  심호흡을 했다. 오늘 의뢰가 들어온 건 은빛의 투구였다.

  그렇게 화로 앞에 서서 망치질을 시작하려던 순간이었다.

['각성자의 계약' 이 발동되었습니다.]

[거부할 경우 계약의 페널티를 지게 됩니다.]

[계약자의 심상이 전달됩니다.]

  '아이고, 신령님. 천사님을 살려주십시오!'

  잠시 행동을 멈췄다.

  각성자의 계약.

  '김가네 사냥꾼들.'

  북한산에 올라 김씨 사냥꾼 삼 형제를 만났을 때 그러한 계약을 맺은 적이 있긴 했다.

  아마도 그들 중 맏형이 보낸 심상일 터였다.

  각성자의 계약은 신성한 것이다. 약속을 했으면 지켜야 한다.

  무엇보다.

  '천사라……'

  누군가를 살리고 싶어서 보낸 메시지다. 천사라는 말을 들을 정도라면 구할 값어치가 있다.

과거엔 착한 사람들이 가장 먼저 죽어 나갔다. 나쁜 사람만이 득세하는 세상이 됐고 혼란은 가중됐다. 나는 다시 그런 세계가 되는 걸 바라지 않았다.

곧 내 눈에만 보이는 청록색의 선이 허공에 생성되었다.

계약을 맺은 자와 이행하는 자의 위치를 알려주는 선이었다.

나는 잠시 화로를 쳐다보다가 발을 움직였다. 지금은 심상으로 전해진 저 단어가 더욱 신경이 쓰였다.

선이 이어진 곳은 서울 소재의 한 대학 병원이었다.

늦은 저녁.

커다란 병원 앞에서 나는 멈춰 설 수밖에 없었다.

아직 김씨 삼 형제는 보이지도 않았지만, 뭐가 문제인지 입구에 섰을 뿐인데도 알 것 같았다.

'……!'

나는 잠시 할 말을 잃었다.

검은 기류가 넘실대고 있었다.

균열의 조각이 있음을 나타내는 증거.

일전 김혜윤을 만났을 때 보았던 검은 기류는 상대조차 되지 않았다.

　보고만 있음에도 압도되었다.

　병실을 뚫고 나올 정도로 강렬하게 펼쳐진 기운이라니!

23장
천사

어둠 속에 몸을 숨기고 빠르게 움직였다.

균열의 조각이 무엇이고 왜 사람에게 기생하는지에 대하여 나도 자세히는 알지 못한다. 그것을 회수하는 게 관리자로서의 의무인 듯싶었지만 내게 주어진 정보는 별게 없던 탓이었다.

하지만 저 흔적을 쫓아가면 조금은 감을 잡을 수 있을 것 같았다.

모든 감시와 시선을 피해 벽을 타고 올라갔다.

5층. 천사는 개인 환자실에 있었다.

소녀였다. 중학생, 많이 쳐줘 봤자 고등학생 정도나 되었을까.

검은 머리를 길게 늘어뜨린 소녀가 침대 위에 잠들어 있었다.

하지만 나는 소녀를 본 순간 숨을 크게 들이마실 수밖에 없었다. 이러한 충격은 무척이나 오랜만이었다.

'날개……!'

날개!

정말 천사라도 된다는 말인가?

비록 한쪽밖에 없었지만 잘못 본 게 아니다.

하나 저 날개는 물질계에 속해 있지 않았다. 아카식 레코드를 깨우치고 정령들을 볼 수 있게 된 나에게만 보이는 날개였다.

"아스트랄계와 현계가 뒤엉킨 존재로구나. 매우 희귀한 별식이다. 맛있어 보이는군."

요르문간드가 어느덧 내 옆에 섰다. 뱀의 형상을 벗고 인간의 몸으로 현현한 것이다. 그녀는 입맛을 다시며 매우 흥미롭다는 눈으로 소녀를 바라보고 있었다.

"아스트랄계?"

"네가 끌고 다니는 정령들도 아스트랄계에 속해 있다. 조금씩 구역은 다르긴 하겠지만 엄밀히 따져 보면 그다지 다른 것도 아니지."

정신계를 말하는 건가?

하여간 지금은 그게 문제가 아니었다.

반쪽의 날개는 분명히 있었다.

비슷한 스킬을 가진 사람들이 과거에 있기는 하였으나, 이처럼 '신성하다'는 느낌을 주지는 못했다.

하지만 그 신성함도 절반가량이 검게 물들어 있었다. 균열의 조각, 그 영향인 것만은 분명했다.

"그럼 정말 천사라도 된다는 말인가?"

"아스트랄계에 표류하는 천족들이 가끔 있노라. 천계에서 추방당하고 갈 길을 잃은 영혼들. 수십, 수백 년에 한 번 정도로 그 영혼과 접촉하는 인간이 있다."

요르문간드의 설명을 들어보면 소녀는 천사의 혼과 접했다는 말이었다.

천족이라니!

그 흉내를 내는 사람은 숱하게 봤지만 진짜 천사라 일컬어지는 존재는 단언컨대 본 적이 없다. 심연도, 데몬로드도, 마족도 존재하지만, 어째서인지 그들은 모습을 나타내지 않았다. 그래서 '인류는 신에게 버림받았다'는 소문마저 무성했을 정도다.

나조차도 엄청난 충격을 받고 있었다.

"천족이…… 있다고?"

"아스가르드에 숨어 사는 무척 폐쇄적인 녀석들이지. 흠,

지금 아스가르드와 미드가르드를 잇는 건 위그드라실이 유일할 테니 인간들이 그 존재를 아예 인식하지 못하는 것도 이상한 일은 아니겠구나."

아스가르드는 천계, 미드가르드는 내가 발을 딛고 서 있는 중간계를 뜻한다. 세계수 위그드라실에 대한 이야기도 궁금했지만 그녀의 말을 빌리자면 '천족'이 존재하고 있다는 것이었다.

'왜 그들은 우리를 안 도와준 거지?'

어째서 악마들이 득실거릴 때 그들은 나타나지 않았는지, 순간 울화통이 터지려고 했다. 하지만 천족이 인간을 도와줘야 한다는 그 전제 자체가 잘못된 것일지도 모른다.

애써 머리를 흔들며 상념을 버렸다.

지금은 내 눈앞에 있는 소녀가 더 중요했다.

"이 작은 것에게 깃든 천사가 누구인지는 모르겠지만, 날개에 깃든 타락을 회수하는 데에는 신중해야 할 것이다. 일전에 그 여자와는 비교도 안 되는 양이다."

요르문간드의 음성을 자못 진지했다.

그녀는 내가 가진 관리자의 권한이 무엇인지도 대략 알고 있는 것 같았다.

츠르르르!

그때 검은 기류가 심상치 않게 준동하며 요르문간드를 노리고 움직이기 시작했다. 마치 채찍처럼 휘어진 검은 기류를 요르문간드가 뒤로 물러서며 피했다.

"건방진 녀석. 마음 같아선 한입에 삼켜 버리고 싶다 만……."

요르문간드가 나를 바라보곤 피식 웃으며 이어서 입을 열었다.

"권한이 없는 짐이 손을 대면 균열만 더 커질 것이다. 그것은 네가 바라는 일이 아닐 테지?"

맞다. 입 밖에 꺼낸 적은 없지만 그녀는 내가 무엇을 하고, 무엇을 바라는지조차 이미 파악한 듯싶었다.

하지만 궁금했다. 균열에 대해서도 알고 있다면, 왜 여태껏 아무런 말도 하지 않았던 걸까?

"무엇을 더 알고 있는 거냐."

정색하며 물었으나 요르문간드는 천천히 고개를 저었다.

"세계의 비밀을 이야기하는 것만으로도 '존재력'에 타격을 받는다. 지금 이야기한 것도 꽤 모험을 한 것이니라. 알고 싶다면 강해져라. 네가 강해지면 짐 역시 규칙을 깰 수 있게 될 터이니."

그러곤 소녀를 한 차례 내려다본 뒤 창문 밖으로 몸을 기댔다. 맛있겠다고 한 말과 달리 요르문간드는 명백하게 소녀를 불쾌해하는 기색을 비치고 있었다.

이어 창틀에 오른 그녀가 뛰어내렸다.

"다만, 신중하도록 하여라."라는 묘한 말만을 남기고서.

나는 다시 고개를 돌렸고, 심안을 열었다. 동시에.

이름: 유서희(value-지배 불가)

직업: 파악 불가

능력치:

    힘 15s 민첩 12s 체력 5s

    지능 25s 마력 15s

    잠재력 (72/490)

특이 사항: 알 수 없는 힘이 깃든 상태입니다.

'믿기지 않는군.'

몇 번이나 다시 봤다.

고작 몇 가지 정보만이 나열됐으나 보는 순간 전율할 수밖에 없는 상태창이다.

상상을 초월하는 엄청난 잠재력. 준수한 능력치와 모든 게 s인 성장 가능성.

적어도 잠재력만큼은 내가 본 누구보다도 높았다.

인간 중에선 제일이었고, 라이라 디아블로에 버금가는 수준이라면 말은 다했다.

'이 정도라면 과거에도 크게 이름을 떨쳤을진대.'

영웅들 중에선 들어본 적 없는 이름이다.

하지만 심안으로도 지배 불가와 파악 불가가 나타났다.

어쩌면 내가 간과한 게 있을지 모른다.

"아……!"

불현듯 소녀, 유서희가 몸을 뒤틀었다. 깬 건가?

'아니.'

"아아! 아아악!"

잠에서 깨어난 건 아니다.

하지만 비명을 내질렀다. 지독한 꿈을 꾸고 있는 것처럼.

전신을 비틀어대며 유서희는 몸을 덜덜 떨어댔다.

"살려주세요! 잘못했어요!"

날개를 좀먹던 검은 기류가 유서희의 전신을 둥글게 감쌌다.

"제 존재를 가져가지 마세요……. 제발요……."

곁으로 다가가선 손을 뻗었다.

유서희에게 닿기도 전에 검은 장막에 막혀서 손을 뗄 수밖에 없었다.

손바닥이 마치 불에 덴 듯이 뜨거웠다.

반발력.

저 검은 힘은 나를 맹렬하게 거부하고 있었다. 하지만 이로 인해 한 가지 깨닫게 된 게 있다.

'싸우고 있다.'

유서희가 저 검은 힘과 싸우고 있다는 것.

날개가 모두 검게 물들거든 무슨 일이 벌어질지 모른다는 것!

마침 복도에서 누군가가 다가오고 있었다. 근무를 서던 간호사일 가능성이 높았다.

'대책을 강구해 봐야겠군.'

전체를 파악해야 한다. 유서희가 잠들어 있는 지금 모든 걸 해결하는 건 불가능하다.

나는 요르문간드와 마찬가지로 창가를 향해 몸을 날렸다.

쿠우우울!

선을 따라가자 김씨네 삼인방은 병원의 로비에서 서로 머리를 맞댄 채 잠들어 있었다.

가운데 있는 맏형. 이자가 각성자의 계약으로 말미암아 나를 불렀다. 발로 툭툭 그를 건드리며 말했다.

"일어나라."

"으음……?"

미약한 충격에 눈을 뜬 그가 비몽사몽한 표정으로 주변을 둘러봤다. 이윽고 고개를 들어 나를 올려다본 그가 눈을 휘둥그렇게 뜨며 번개처럼 자리에서 일어났다.

"시, 신령님 아니십니까!"

"조용히."

그다지 시선을 끌고픈 생각은 없었다.

그나저나 아직도 나를 신령이라 생각하는 걸까? 심안으로 살핀 결과 이들 역시도 각성을 끝마친 상태였다.

상관은 없었다.

그라면 내가 알고 싶어 하는 것들에 대해서 어느 정도 답을 해줄 수 있을 것이다.

"자리를 옮기지. 유서희에 대해 듣고 싶다."

김씨 삼 형제라고 불렸지만, 맏형인 그의 이름은 김순만이다. 김순만은 내가 유서희의 이름을 파악하고 있는 데서 한차례 놀라며 그녀에 대한 이야기를 풀어놓기 시작했다.

태어날 때부터 병약했으며 원인 모를 꿈을 주기적으로 꾼다고. 정확한 병명은 밝혀진 바가 없지만 의사들도 회의적이라는 것이다.

그런데 얼마 전부터 그 증세가 극심해졌다고 했다. 무척이나 몸이 약해진 상태라서 하루하루가 고비와 같았다.

"무척 상냥한 아이입니다. 정말 천사라고 해도 이상할 게 없을 정도로요."

"부모는 어디 가고 아무런 연고 없는 너희들이 있는 거지?"

"두 분 다 큰 기업의 CEO라고 들었습니다. 해외 출장이 잦아서 병원은 한 달에 한두 번 정도만 오고요. 아, 결코 나쁜 분들은 아닙니다."

요직에 자리하고 있기 때문에 하루도 쉴 날이 없다는 거다. 나름대로 변명을 해준 듯싶지만 내 눈에는 책임 회피로밖에 보이지 않았다.

조용히 생각해 보았다.

균열의 조각.

내가 만나본 표본은 둘밖에 안 됐지만 그것은 사람의 정신에 깊숙하게 영향을 끼치는 것 같았다. 주로 부정적인 방향으로 말이다.

게다가 유서희가 가진 균열의 조각은 나조차도 튕겨낼 정도로 강력했다. 하지만 나는 한 차례 그 부정적인 힘을 어떻게 이겨냈는지 본 적이 있었다.

'변화가 필요하다.'

작은 변화로 말미암아 김혜윤은 변했다. 자신의 내면에 있는 불을 피워내며 검은 기류를 물리쳤다.

그렇다면 유서희도 가능할 것이다.

내가 그 변화를 만들어주기만 한다면, 불가능하진 않을 것이다.

　"신령님, 제발 그 아이를 살려주십시오. 지금 죽기엔 너무나도 안타까운 생명입니다. 저 같은 무지렁이보다 훨씬 귀한 아이예요."

　"필사적이군."

　"제게 미소를 알려준 아이입니다. 모든 걸 포기한 날, 그 아이에게서 받은 꽃 한 송이와 작은 미소가 저를 구원했습니다. 그 뒤로 주기적으로 병원에 들렀습니다만 제게 보여줬던 미소는 이제 보이지 않더군요. 마치 감정을 잃은 것처럼…… 그 아이의 미소를 다시 찾아주고 싶습니다. 그러니 부디!"

　눈이 촉촉하게 젖어들어 있었다.

　나 역시도 저만한 잠재력을 가진 아이가 죽기를 바라진 않았다.

　욕심도 있었다. 내가 조금만 지도해 줘도 훌륭하게 자라날 것임이 분명했고, 끝없이 달려 나가는 민식이에게 제동을 걸 인물로도 적당할 것 같았다.

　게다가 유서희를 보았을 때, 분명히 처음 보는 얼굴이었지만 왜인지 익숙한 느낌이 계속해서 들었다.

　'본 적이 있던 건가?'

　분명히 들어본 적 없는 이름이다. 저만한 잠재력을 가진 아이라면 어떠한 식으로든 소문이 났을 법하건만. 꽃을 피우기도 전에 죽었거나, 아니면 내가 미처 발견하지 못한 무언가가 있다는 뜻이다.

일단 유서희에게 느껴지는 이 익숙함의 근본이 궁금했다. 미묘한 실루엣이 계속해서 내 눈앞을 아른거렸다.

이만한 괴리감이 어디서부터 시작된 것인지 알아내야겠다.

나는 김씨네의 맏형을 바라보며 말했다.

"내일부터 너희가 나를 좀 도와줘야겠다."

"안녕하세요."

"안녕하세요, 선생님."

복도를 걷자 주변에서 보내는 따뜻한 시선과 인사들.

흰색 가운을 입은 나는 적당히 고개를 끄덕이며 유서희의 병실로 들렀다.

안으로 들어서자 유서희는 멀쩡한 상태로 식사를 하는 도중이었다.

바로 옆엔 간병인이 있었다. 간병인은 천천히 숟가락을 들어 유서희에게 죽을 먹이는 중이었다.

하지만 유서희의 표정은 무척이나 무미건조했다.

두 눈동자는 고요했고, 정말로 감정이 없는 것만 같았다.

간병인은 느닷없이 들어온 나를 보더니 마치 오랫동안 보아온 사람처럼 푸근하게 미소 지으며 말했다.

"서희야, 오늘부터 너를 담당해 주실 새 의사분이시란다. 자, 인사해야지?"

유서희는 미동도 하지 않았다.

아무래도 꿈을 꿀 때를 제외하면 이 상태인 모양이었다.

나는 나지막하게 입을 열었다.

"자리를 비켜주시면 고맙겠군요."

"예."

간병인이 고개를 끄덕이곤 즉시 바깥으로 나갔다.

그 모습을 복도에 선 의사나 간호사들도 전혀 이상하게 생각하지 않았다.

그렇다.

나는 병원의 주요 인물을 모두 '지배'했다.

오로지 유서희, 인류에선 전무후무하다는 평가가 그다지 이상하지 않을 정도로 뛰어난 잠재력의 보유자, 보이지 않는 반쪽 날개를 단 소녀를 손에 넣기 위하여!

나는 애써 미소를 만들었다. 자고로 누구에게든지 첫인상이 가장 중요한 법이다. 특히 아이들은 첫인상을 꽤 오랫동안 간직하는 경우가 많았다.

"반갑다. 오한성이라고 해. 오늘부터 자주 얼굴을 보게 될 거야."

유서희가 고개를 돌렸다. 무미건조하기 짝이 없는 얼굴로 초점 하나 없이 나를, 내 건너편을 바라보고 있었다.

간병인이 숟가락을 들어 입 주변에 대면 그에 반응하여 입을 벌리듯 내 목소리에 조건반사적으로 고개를 돌린 것이다.

하지만 표정이 없다. 생각도 읽을 수 없다.

기억 역시 마찬가지다.

관리자로서의 권한으로 기억을 읽으려면 감정의 폭주가 필요하다. 꿈속에서 발버둥을 치는 게 아니라 정신이 있는 상태에서 감정의 기복이 생겨야 자연스럽게 기억을 엿볼 수 있게 된다.

그러니 더욱 반응을 유도해야 했다.

'검은 기류가 다시 잠잠해졌다.'

저녁엔 그토록 활발하게 움직이던 검은 기류가 지금은 잠잠하다. 유서희가 깨어 있을 동안엔 활동을 안 하는 건가?

나는 미리 준비한 꽃병 하나를 창가에 두었다.

"진달래꽃 꽃말이 뭔 줄 알아? '사랑의 기쁨'이래. 나도 예전에 여자 친구한테 이 꽃을 선물한 적이 있거든. 바로 뺨을 맞긴 했지만. 나중엔 좋은 추억이 됐지."

시리아. 그녀에게 고백했을 때 내가 선물한 게 진달래꽃이었다. 그녀는 처음엔 당황하더니 이내 화가 난 표정으로 내 뺨을 세게 걷어붙였다.

나중에야 머릿속이 복잡해서 평소 버릇대로 손이 나간 것이라고 해명이 됐지만, 말인즉 여태껏 고백한 남자 모두가 일단 뺨부터 맞고 시작했다는 뜻이었다.

그 말을 듣고 얼마나 웃었는지.

하여간 진달래꽃은 유서희가 김씨 형제에게 선물한 꽃이기도 했다. 약간의 반응이라도 있기를 바랐으나 특별히 다른 모습을 보여주진 않았다.

"다 먹으면 산책 갈까? 이 앞에도 꽃들이 예쁘게 피었던데."

간병인 대신 숟가락을 들었다. 죽과 반찬을 올리고 천천히 유서희의 입가로 가져갔다.

역시 조건반사처럼 입을 열었다.

이로 보건대 지금 유서희는 혼자서 아무것도 할 수가 없는 상태였다.

그러니 하루에 백만 원이 넘어가는 입원비를 감당하며 병원에 자리하고 있는 것일 터다. 더욱이 유서희의 부모는 이름난 기업의 CEO였고 덕분에 엄중히 관리를 받고 있었다.

'몸이 너무 약해서 산책도 힘들다고 했지.'

유서희와 관련된 파일을 읽었다.

최근엔 병세가 더욱 심해졌으며 부모가 병실 바깥으로 절대 못 나가도록 신신당부를 했다고 한다.

파리한 혈색. 바깥 공기를 맞는 것만으로도 휘청거릴 것 같이 연약한 몸.

나는 품에서 엄지만 한 크기의 유리병 하나를 꺼냈다.

'유니콘의 눈물.'

심연에서 이타콰와 함께 보낸 물건 중 하나였다.

현대에선 구하기 힘든 물약이었지만 심연에선 포인트만 주면 바로 살 수가 있었다. 심지어 그다지 비싸지도 않았다.

유니콘의 눈물은 정기와 신체를 빠르게 회복시키고 세포를 강하게 만드는 효과가 있었다. 장복할 경우 평생 병치레는 하지 않는다.

물을 뜨고 숟가락 위에 유니콘의 눈물 한 방울을 떨어뜨렸다. 체력을 북돋는 데에는 한 방울이면 충분하다.

유서희가 그것을 마시자 빠르게 혈색이 돌아오기 시작했다.

'효과는 역시 끝내주는군.'

즉효였다. 이어 휠체어 하나를 준비하고 유서희를 번쩍 들어 그곳에 앉혔다.

이 답답한 병실 안에서 무엇을 보고 반응을 하겠는가. 바깥의 넓고 푸른 대지와 하늘을 봐야 조금이라도 메마른 감성이 돌아올 수 있을 것이었다.

'천 리 길도 한 걸음부터.'

유서희는 병원의 주요 고객 중 한 명이었다.

그녀가 병실을 나서자 간호사들이 수군거리기 시작했다.

"어…… 유서희 환자 나가면 안 되는 거 아니야?"

"저 선생님은 누구지? 처음 보는 거 같은데."

"새로 부임하신 의사 선생님이잖아. 이번에 유서희 환자 담당으로 배정되었다네?"

"그럼 말씀 안 드려도 되나? 유서희 환자 부모님이 아시면 노발대발하실 텐데."

병원의 모든 인물을 지배한 건 아니다. 하지만 중요 부처의 담당이나 가까운 거리의 간호사들은 이미 통제하에 둔 상태였다.

나는 그 수군거림을 무시한 채 병원 밖에 조성된 작은 공원으로 향했다. 환자들과 환자를 찾아온 사람들이 휴식을 취할 수 있도록 만들어진 공간이라 꽃보단 나무가 많았다.

"바람이 시원하지?"

유서희는 마치 인형과 같았다. 조그마한 미동이라도 할 줄 알았는데 예상외였다.

'라임, 라율, 라온.'

나는 잠시 턱을 쓸다가 풀잎 정령들을 소환했다.

─부르셨어요?

─여긴 어디야?

─공기가 너무 답답해!

나찰산에서 놀고 있던 정령들이 현대에 모습을 드러내자 대뜸 인상을 구겼다. 하기야 자연 그 자체인 나찰산과 현대를 비교하면 풀잎 정령들이 고통스러워할 만도 했다.

이른 시간이라 공원엔 사람이 없었다. 나는 CCTV의 위치 등을 확인하곤 작게 미소 지으며 입을 열었다.

"이 주변으로 꽃이 만개하게 해다오."

─어려운 일은 아니네요.

─다 하면 여기 구경해도 돼요?

─답답하지만 신기한 물건이 많아!

고개를 끄덕이자 풀잎 정령들이 주변을 돌아다니며 아직 덜 핀 꽃이나 대지에게 부탁하기 시작했다. 그러자 나무에 핀 꽃들이 만개하고 유서희가 탄 휠체어 주변으로 뿌리가 자라나며 흐드러지게 피어났다.

누군가가 보았다면 기적이라며 눈을 뒤집었을 광경.

"아……."

반응이 있었다. 하지만 언제 그랬냐는 듯 다시 입을 꾹 다

물었다.

그래도 아예 희망이 없진 않았다.

찰나와 같은 시간, 나는 유서희의 눈에 비친 감정을 아주 조금 엿볼 수 있었던 것이다.

'외로움. 그리움.'

수확이 있었다.

적어도 그 두 감정만은 분명하게 읽었다.

또한 소녀와 같은 감성이 1밀리그램이라도 남아 있다면 지속해서 풀어나갈 여지가 있다는 뜻이었다.

"뭐야? 언제 이렇게 꽃이 피었지?"

"와! 예쁘다!"

뒤늦게 나타난 사람들이 눈을 크게 뜨곤 정원의 변화에 환호했다.

나는 휠체어 주변에 난 꽃들을 수확해서 예쁘게 정리하곤 유서희의 무릎 위에 얌전히 올려두었다.

"이건 우리 둘만의 비밀이야. 지켜줄 거지?"

무릎을 반쯤 구부린 채 유서희의 눈을 보며 말했다.

대답은 없지만 계속해서 말을 걸었다.

그러곤 다시 휠체어를 움직여 병원 안으로 들어갔다.

유서희가 고개를 숙여 멍하니 무릎 위에 놓인 꽃을 바라보고 있었다.

나는 더욱 과감해지기로 했다.

이곳 병원은 너무 좁았다. 게다가 유서희가 내비친 감정이 외로움과 그리움이라면 병원 바깥에서 더 많은 감정을 이끌어 낼 가능성이 높았다.

닫힌 감정을 일깨워야 한다. 그러려면 자극이 필요하다. 새로운 것, 적어도 한동안 멀리했던 것들을 다시 접하며 잊었던 감정을 되새기게 할 필요가 있었다.

"선생님! 유서희 환자는 외출이 안 됩니다."

"그래요? 체력적으로도 문제없다고 체크 끝났는데."

"보호자 동의 없이는……."

"그럼 비밀로 해주세요. 애가 닭도 아니고 언제까지 우리에 가둬만 둘 수는 없지 않습니까?"

씽긋 웃으며 말하자 로비를 맡던 담당 간호사가 몽롱한 눈빛으로 고개를 끄덕였다.

50명 정도를 이미 지배한 상태. 눈앞의 여인도 마찬가지였다.

대부분이 민간인이라 포인트도 크게 들지 않았다.

모두 다 해서 3만 포인트 정도.

유서희의 성장 가능성을 보면 충분히 들일 수 있는 투자다.

나는 여유롭게 병원의 입구를 벗어나 흰색 가운을 벗어 던졌다. 사복 차림으로 휠체어를 끌고 있으니 영락없이 오빠와 동생처럼 보였다.

"어디 가고 싶은 데 있니?"

"……."

대답이 없을 걸 알면서도 한번 물어봤다.

나는 어깨를 으쓱하며 주변을 지나던 택시 하나를 잡았다.

이후 뒤 트렁크에 휠체어를 넣어두고, 조심스럽게 유서희를 안은 채 뒷자리에 앉았다.

택시 기사가 고개를 돌려 나를 바라보며 물었다.

"어디로 모셔다 드릴까?"

"서울랜드요."

서울랜드. 놀이공원이다.

김씨 삼 형제 중 맏형이 유서희를 처음 만난 장소가 서울랜드 근처라고 했다. 꽃과 풍선 등을 들고 있었으니 당연히 그곳에서 놀이기구를 탔을 것이다.

그리움. 과거의 기억을 깨우는 데 그만한 장소는 더 없을 듯싶었다.

탈 수 있는 놀이기구는 한정적이었지만 나는 무작정 놀이공원 안을 횡보하고 다녔다.

평일이라 한적한 편이었으나 부모와 함께 온 아이들도 드문드문 보였다.

"나 저거! 저거 사줘!"

"안 돼. 너 오늘 많이 샀잖아."

"으아아아앙! 사줘! 사줘!"

"어허! 계속 그러면 두고 간다?"

노는 게 제일 좋은 뽀로롱 풍선 앞에서 한 남자아이가 바닥에 드러누워 떼를 쓰고 있었다. 엄마로 보이는 여인은 한사코 거부했고, 두고 간다는 말을 실천하자 아이가 울며 겨자 먹기로 빠르게 일어나 그 뒤를 쫓기 시작했다.

그리고 둘의 모습을 유서희가 조용히 바라보고 있었다.

그러다가 다시 뽀로롱 풍선을 바라봤다.

여전히 무표정했지만 갈구하는 것만 같은 느낌이 들었다.

나는 천천히 뽀로롱 풍선 하나를 사 와 그대로 유서희의 손에 쥐어주었다.

"놓지 마. 놓으면 날아가니까."

유서희는 평소와 달리 풍선을 꽉 쥐고 있었다.

조그마한 변화다. 풍선에 대한 '집착'을 나타내는 게 분명했다.

좋은 현상이다.

회전목마나 범퍼카 등을 타봤지만 별다른 반응은 없었다.

그 뒤 마지막으로 동물원으로 향했다.

"나 저거! 저거 사줘!"

"사자를 어떻게 사주니?"

"으아아아앙! 사줘! 사줘!"

"제발……."

아까의 아이가 우리에 갇힌 사자를 보며 방방 발을 구르고 있었다. 이번에도 유서희의 눈이 그 아이에게서 사자 우리로 향했다.

크릉!

크르릉.

그런데 이변이 일어났다.

사자들이 대뜸 내가 있는 쪽으로 모여드는 게 아니겠나?

마치 오랜만에 만난 친구를 보러 왔다는 듯 사자들의 눈에는 정이 담겨 있었다.

또한 그들이 보는 건 내가 아니라 유서희였다.

'놀랍군.'

그중 우두머리로 보이는 녀석이 꼬리를 살랑살랑 흔들었다.

닿지는 않았지만 유서희가 천천히 손을 뻗었다.

그러자 사자가 고개를 숙이더니, 이내 배를 까곤 애교를 피웠다.

놀라운 광경이었다.

유서희는 사자와 교감을 하고 있었다.

'다른 동물은 반응이 없었는데.'

오로지 사자들만이 유서희를 알아보고 다가왔다.

선천적인 친화력인 걸까?

아니면 또 다른 무언가가 개입되어 있는 걸지.

어쩌면 유서희에게 달린 반쪽 날개의 주인과도 연관이 있을지 모르겠다.

나는 한참이나 그 우리 앞에 서 있다가 동물원을 벗어났다. 유서희는 마치 아쉽다는 듯이 사자 우리가 있는 방향을 계속해서 쳐다보고 있었다.

동물원을 계속 갈 수는 없었다. 아무리 유니콘의 눈물이 효과가 좋다고 하더라도 유서희의 체력은 너무나 허약했다.

그래서 우두머리 사자 모양의 장신구를 만들었다.

대장간에서 키운 실력 덕택에 돈 받고 파는 어지간한 장신구보다 정교했다.

그것을 유서희에게 선물하자, 유서희는 사자 장신구를 절대로 손에서 떼어놓는 일이 없었다.

잠을 잘 때도, 악몽을 꿀 때도 장신구는 계속해서 쥐고 있었다.

"살려주세요! 아악!"

소녀는 오늘도 어김없이 악몽을 꿨다.

검은 기류가 요동치며 유서희의 전신을 맹렬하게 공격하

는 모양새를 취했다.

며칠이나 두고 봤지만 매일 같은 양상이 이어졌다.

하지만 오늘은 조금 달랐다.

검은 기류가 유독 사자 모양의 장신구 근처엔 얼씬도 거리지 못했다.

유서희는 마치 부적처럼 그것을 껴안고 있었는데, 덕분에 틈이 생겼다.

그래, 틈.

내가 개입할 수 있는 여지가 생겼다는 뜻이다.

'이번에야말로.'

그 틈을 향해 손을 뻗었다.

즈아아아악!

반발력. 검은 기류는 나를 달가워하지 않았다.

하지만 이전보단 약하다. 분명히 비집고 들어갈 여유가 있었다.

이를 악물었다. 손에서 연기가 피어올라오며 손을 구기고 있었으나 포기하지 않았다.

한참이나 씨름을 하며 겨우 유서희의 몸에 손이 닿았다.

동시에.

'나는 ……니라. 태양의 정신을 잇는 소녀야.'

'몸과 마음을 바쳐라. 나의 힘은 바람을 가르고, 나의 정신은 세상을 떨게 만드니!'

'하지만 아쉽구나! 소녀야, 네가 남자아이였다면 진정으로 '세 여신'을 농락할 수 있었을진대!'

유서희의 기억이었다. 그녀가 처음으로 '그'를 접했을 때의.

유서희는 작고 어두운 공간 안에서 무릎을 끌어안은 채 울고 있었다. 그럼에도 몸과 정신을 빼앗기지 않은 건 위대한 정신을 잇고 있기 때문이었다.

나는 아주 멀리서 그 광경을 지켜볼 수 있었다. 하지만 다가갈 순 없었다.

아직 내겐 그 정도의 권한이 허락되지 않았다는 듯.

그러나 시간이 지날수록 내 눈에 비친 소녀의 모습이 점차 달라지기 시작했다.

아마도 이 공간은 시간이 뒤엉킨 공간 같았다.

파노라마처럼 유년기 시절과 성장한 뒤의 모습이 좌르륵 정렬되었다.

그런데 그 과정의 도중 한 지점에서 나는 잠시 시선을 멈췄다.

익숙한 실루엣을 더욱 자세히 들여다보자, 내가 본 유서희의 '미래 모습'에 내 기억이 덧씌워진 것이다.

소녀는 성장하여 검을 쥐었다.

은빛의 전신 갑주를 입고 모습을 가렸다.

나는 저 모습을, 본 적이 있다.

'검신 아르켄······!'

어느 날 돌연히 사라진 최강자.

나는 최후의 영웅으로 불렸으나, 최강의 영웅으로 불렸던 이는 검신 아르켄이었다.

우리엘 디아블로와의 싸움에서 그가 있었다면 양상이 달라졌을 것이라고 모두가 말한다. 하지만 그는 우리엘 디아블로와의 싸움을 앞두고 연기처럼 사라졌다.

이후에도 나타나지 않았다.

그에 관한 모든 것이 베일에 싸여 있었다. 아르켄은 가명일 가능성이 농후했고, 출신 성분이나 성별조차도 제대로 알려진 게 없었다.

다만, 나타나기만 하면 모든 적을 멸했다. 죽음의 천사라고도 불렸던 게 그다.

한데······ 왜 검신 아르켄의 모습이 유서희의 미래에 투영되고 있단 말인가?

'말도 안 되는 일이다.'

혼란이 찾아왔다.

우리 둘은 자주 사람들의 입에 오르내렸다.

싸우면 누가 이길까?

나 역시도 검신 아르켄을 본 적이 있었다.

그리고 그날 나는 또 다른 하늘을 느꼈고 확신했다.

내가 질 거라고. 100번 싸우면 100번 모두 처참하게 패배할 거라고!

그는 천재였다. 나는 살면서 검을 다루는 6명의 천재를 만났는데 검신 아르켄은 그들 중에서도 군계일학이었다. 하늘 위의 하늘같은.

그런데 검신 아르켄이 사실은 유서희였다니!

'그토록 찾아 헤매고, 그토록 바라고 또 바랐는데……'

찾을 수 없었다.

사라진 그를 세상 어디에서도 발견할 수 없었다.

나 또한 몇 번이고 상상했다. 검신 아르켄이 우리엘 디아블로와의 결전에 나와줬다면 나를 제외한 모든 이가 전멸하는 사태만큼은 피할 수 있지 않았을까.

어쩌면 나의 자리에 그가 있었을 가능성도 농후했다.

그편이 나았다. 나는 최강이라기엔 부족한 점이 많았으므로. 반대로 검신 아르켄은 모두가 인정한 '최강자'였다.

최소한 나처럼 9레벨의 괴물 안다니우스를 잡다가 죽지는 않았을 테지.

그래서 찾고 또 찾았는데. 은연중 검신 아르켄은 내 정신적 버팀목이 되어주기도 하였다. 내가 죽을 때, 인류가 멸망의 기로에 섰을 때, 거짓말처럼 등장해서 그러한 사태를 막아주지 않을까 하는 막연한 기대감.

설마 한국에 있으리라곤 상상도 못 했다.

하물며 이처럼 작은 소녀의 모습을 하고 있으리라고.

'네가 정말로 검신 아르켄이 맞다면. 그러하다면.'

주먹을 쥐었다. 어쩌면 착각일 수도 있다. 나의 바람이 내 두 눈에 환상으로 투영되고 있을지도 모르는 일이다.

북한산에서 시작된 인연. 김씨 삼 형제가 가져다준 우연찮은 기회였다. 만약 그때 내가 그들을 황금 청설모의 먹이로 던져 줬거나, 지배하여 내 마음대로 조종하려 들었다면 나는 유서희의 존재조차 알지 못했을 것이다.

그래서 더욱 파고들고 싶었다.

만약에 유서희가 검신 아르켄일 경우.

왜 갑옷을 걸치고 모습을 숨겼는지는 모르겠지만, 나는…….

'과거처럼 홀연히 세상을 등지고 모습을 감추지 못하게 만들 것이다. 내가 그렇게 만들 것이다.'

단단히 붙잡으리라.

아무리 발버둥 쳐도 빠져나가지 못하도록!

과거, 모든 일을 나에게 떠맡겼으니 이 정도 투정은 당연했다.

돌아온 이상 과거의 직무 태만을 재현하게 만들 순 없었다.

문제가 있다면 내가 해결해 줄 것이다. 대신 너는 내 충실한 종이 되어야 한다.

잠시 후 현기증이 나며 검은 공간에서 나는 멀어지기 시작했다.

검은 기류가 다시금 자리를 잡고 나를 밀어냈다.

깊은 내면에는 들어갈 수 없다는 방증.

내면 깊숙한 곳으로 파고들기 위해선 보다 많은 자극과 유서희가 나를 '인식'하도록 만들 필요가 있었다.

하지만 아직은 내게 주어진 권한이 적었다.

아직은.

상대의 모든 것을 알아내려면 나 역시도 모든 것을 보여야 하는 법이었다.

그날 이후 나는 가면을 벗어던졌다.

더욱 적극적으로 '나'를 보이려고 노력했다. 대장간에서 철을 치는 것도, 수련을 하는 것도, 이타쾌마저도 내보이며 '나'를 기준하여 자극한 뒤 유서희의 반응을 이끌어 냈다.

그리고 저녁이 되면 어김없이 검은 공간 안으로 들어가 유서희의 내면 깊숙한 곳으로 파고들려고 노력했다.

그러자 점차 유서희의 눈이 내게 머무는 시간이 길어졌다.

"유서희 환자 안색이 많이 좋아진 것 같죠?"

"이상하게 새로 온 선생님을 잘 따르는 것 같단 말이지."

"밤에 비명을 지르는 빈도도 많이 줄어들었어요."

내 지배 바깥에 있는 간호사들이 숙덕거렸다.

병원 내에서 나에 대한 소문이 조금씩 퍼져 나가고 있었다. 아무도 터치를 안 하니 '낙하산 인사'가 아니냐는 소문이었다. 유서희의 부모 또는 대학 총장의 아들일 것이라는 추측성 소문이기에 그다지 신경을 쓸 필요도 없었다.

어차피 이 병원은 이미 나의 '지배' 아래에 있었다. 소문은 순식간에 가라앉을 것이고, 내가 원할 때 나의 존재 역시 지울 수 있을 것이다.

그렇게 하루, 이틀, 7일이 지나자 나는 유서희의 내면에 깃든 '녀석'과 마주하게 되었다.

소녀의 정신을 유린하고 압박한 장본인.

유서희가 가진 날개의 반대쪽을 지닌 반쪽의 천사!

ㅡ너는 누구냐?

계속해서 자신의 영역을 침범하려는 외인이 마음에 안 든다는 듯 천사가 말했다. 남자인지, 여자인지 구분이 안 가는 애매한 외형과 날이 세 개인 창을 쥐고 있었다.

─어떻게 내 세계에 들어온 거지?

"엄밀히 말하자면 너의 세계는 아니지."

유서희의 세계였다. 천사는 이 세계에 기생하는 기생충과 같았다.

하지만 유서희는 여전히 무릎을 꿇은 채로 울고 있었다. 스스로를 철창에 가두고 범위를 제한하고 있는 것이다.

모두 이 반쪽짜리 천사 때문이었다.

"꺼져라. 그러지 않으면 베어버릴 테니."

스르릉!

검. 흑풍검을 만들었다. 이곳은 정신의 세계. 몇 날 며칠 노력한 끝에 유서희가 나를 자신의 '공간' 안에 있는 걸 허락했다.

─네놈이, 나를? 하하!

그 순간 반쪽 천사의 체구가 점점 비대해지기 시작했다. 마치 지구를, 우주를 집어삼킬 정도로 커진 뒤 천사가 비웃음을 흘렸다.

─용케 소녀의 마음을 비집고 들어온 모양이지만, 내게는 보인다. 네놈의 나약함이! 그 정신은 강철과 같으나 모든 균열은 작은 틈에서 시작하지.

천사가 손을 한 차례 휘젓자 흑풍검이 먼지가 되어 흩어졌다.

동시에 머릿속이 새하얗게 변했다.

녀석이 내 정신을 침범하고 있었다.

절대로 뚫리지 않을 것 같았으나 미묘한 틈을 비집고 들어
오는 중이었다.

'빌어먹을!'

아직 부족했던 건가?

나는 급히 빠져나올 수밖에 없었다.

후욱! 후욱!

식은땀이 줄줄 흘렀다. 동공이 확장되고 심장은 미친 듯이
뛰고 있었다. 조금만 늦었으면 역으로 장악당할 뻔했다. 그
러면 유서희와 같은 꼴이 되었을 것이다.

굴욕이다. 오랜만에 맛본 패배감이었다.

'영향력이 부족해서?'

원인을 분석해 보았다. 반쪽짜리 천사와 나의 차이점이 무
엇인지.

어째서 녀석이 내게도 그만한 영향력을 끼칠 수 있었는지!

아무리 유서희의 심상에 천사가 강력한 영향을 끼치고 있

다고 하더라도 천사 자체의 심상이 아닌 유서희의 장소이니 '나'에게까지 힘을 뻗는 건 불가능하다.

결국 이건 천사 본연의 권능, 권한 같은 거라고 봐야 했다.

그리고 나의 정신에 침투하는 게 가능했던 이유는…….

'내 마음의 틈.'

내 마음에 틈이 있기 때문이었다.

나는 고민했다. 세상에 완전무결한 사람이 어디 있겠느냐마는, 적어도 나는 과거의 일을 후회하거나 부정적인 생각을 잘 갖지 않았다. 정신력만큼은 누구에게도 뒤처지지 않는다고 자부한다. 그렇기에 천사도 내 정신을 '강철'과 비유한 것이다.

그럼?

무엇이 틈을 만들었는가.

유서희에게 나 자신을 모두 내보인다고 생각했지만, 정작 보이지 않았던, 감추어 두었던 부분이 있다는 말이었다.

그리고 나는 곧 내가 주저하는 게 무엇인지 알게 되었다.

'심연.'

누구에게도 밝히지 않은 사실.

오로지 나만이 알고 있어야만 하는 진실.

나는 인간이면서 인류의 적이 되기도 했다.

하지만 그보다 더욱 마음에 걸리는 건…….

'라이라 디아블로!'

그녀의 헌신이었다.

여태껏 내가 전이를 하지 않고 있었던 건 오로지 라이라 디아블로 때문이었다. 전율과 학살의 여왕. 분명히 그녀에게 느끼는 나의 감정은 분노 그 자체여야 하는데, 계속되는 헌신과 고백을 보고 있노라면 그 철옹성 같은 마음에도 금이 갈 수밖에 없었다.

'이 문제를 해결하지 못하면 놈을 이길 수 없다.'

하지만 확실한 건 이 틈이 있는 이상 저 반쪽의 천사를 이길 수 없다는 거다. 녀석은 계속해서 내 정신을 옭아매려 할 터였다.

내심 혀를 찼다.

그래, 언제까지 피할 순 없는 노릇이다.

나는 표정을 굳힌 채로 병실을, 병원을 나섰다.

그 우려가 내 마음에 틈을 만들고 나를 나약하게 만든다면.

'틈을, 없앤다.'

이 역시 해결해 보이리라.

다시 눈을 떴을 때, 나는 나의 자리에 앉아 있었다.

왕의 좌. 오로지 데몬로드에게만 허락된 자리.

무사히 '전이'가 되었음을 확인하곤 시선을 옮겼다.

전신이 끈적거렸다. 주변에는 회복의 마법진이 그려져 있었다. 값비싼 수정과 온갖 괴물의 머리가 '제물'로 사용되고 있었다.

오로지 나를 회복시키고자 라이라 디아블로가 행한 방법이다.

갸르르릉.

이그닐이 다가와 내 다리에 얼굴을 비볐다.

나는 그대로 자리에서 일어났다.

거대하기 짝이 없는, 보석으로 치장된 문을 열고 그 즉시 바깥으로 나갔다.

하늘은 붉게 물들어 있었다. 심연의 저녁이다. 저 피처럼 붉은 하늘은 모든 괴물을 흥분하게 만든다.

하지만 반대로 내 마음은 더없이 차분해졌다.

복도에 선 채 모든 마력을 전개했다.

그러자 내 '지배'의 영향 아래에 있는 자들의 기척이 느껴지기 시작했다.

또한 마력이 성 전체를 휘어잡으며 주변 모든 생명체가 나의 '존재'를 깨달았다.

쿠르르릉!

그저 마력을 전개했을 뿐임에도 성이 흔들렸다.

100이 훌쩍 넘는 마력은 그것만으로도 현상을 일으키고 현실에 영향을 끼친다.

나는 지배자다. 왕이고, 그들의 오롯한 주인이었다.

이 정체성에 관하여 나는 여태껏 방황하고 있었다. 우리엘 디아블로와 오한성을 같다고 생각해서 문제가 야기된 것이다.

내 마음의 틈, 나의 나약함이 여기서 비롯됐다.

나는 나고, 우리엘 디아블로는 우리엘 디아블로다.

우리는 결코 같을 수 없는 존재다.

"로드시여!"

중무장을 한 라이라 디아블로가 날개를 펼치며 날아들었다.

그녀의 눈엔 반가움과 환희, 감동이 담겨 있었다. 내가 깨어났음에 진정으로 기뻐하는 게 느껴졌다.

하지만…….

흔들리지 마라. 그녀는 라이라 디아블로. 전율과 학살의 여왕일지니.

저 손은 붉게 물들었고, 저 눈과 입은 죽은 자를 모욕한다.

"괘, 괜찮으신지요? 갑자기 쓰러져서 많이 놀랐습니다. 다행히 존재력을 잃지는 않은 것 같아 최대한 조심스럽게……."

"나는 누구지?"

진중하기 짝이 없는 태도로 물었다.

그러자 라이라가 급히 한쪽 무릎을 꿇은 채 답했다.

"찬란하고 위대하신 데몬로드, 우리엘 디아블로입니다."

"너는 누구지?"

"라이라 디아블로……."

"아니, 틀렸다."

과거에는 몰라도 지금 우리의 관계는 입장이 전혀 다르다.

다른 데몬로드들을 꺾고, 그들을 방해하며 앞서 나가려면 이런 마음가짐으로는 안 된다.

나는 '용언'을 발동했다.

그리고 '지배자의 영향력' 또한 일으켰다.

"나는 데몬로드이며, 너는 오로지 나의 승리를 위해 존재해야만 하는 종속자다. 과거의 관계는 잊어라. 내게 너의 이상을 갈구하지 마라. 그 알량한 '마음'은 눈을 가리고 길을 잃게 만들 것이니."

무감정하게 쏟아냈다.

라이라 디아블로의 눈동자가 크게 흔들렸다.

지금 내가 하는 말은 나에 대한 감정 역시 잊으라는 말과 같았다.

"하, 하오나, 저는 진심으로 로드께서 승리하시기를……."

"내가 깨어났을 때 너는 내게 말했다. 전쟁을 준비해야 한다고. 하지만 지금 꼴을 보아라. 내가 잠시 쓰러졌다고 하여 모든 일을 뒤로 미룬 채 모든 역량을 나에게 쏟아부었다. 그럴 필요가 없음을 알고 있었을 텐데도."

온갖 제물과 마법진, 진귀한 약물을 아낌없이 쏟아부었다.

쓰러진 시점에서도 우리엘 디아블로의 신체는 정상으로 작동을 하고 있었을 것이다. 이는 순전히 라이라가 지나치게 걱정한 결과였다.

지금 나의 혀는 독을 품고 있었다. 선을 긋기 위하여. 더 이상 그녀가 내 마음에 금을 그으는 걸 방지하기 위해서.

단순히 천사를 이기기 위함이 아니다. 녀석을 이기고 얻어낼 잠재 능력치는 엄청나게 중요하지만, 천사는 내 마음의 나약함을, 틈이 생겼음을 깨닫게 해줬다. 그대로 방치한다면 곪아서 썩게 될 것이다.

나는 지금 그 틈을 봉합하려고 하고 있었다.

"진정으로 내가 승리하길 바란다면."

하여 부탁도, 일말의 정도 담지 않았다.

"전쟁을."

그저 왕의 자격으로 명한다.

"멸제의 카르페디엠을 공격할 준비를 하라."

24장
심연에서 피어나는

느슨했다. 부정하지 않았다.

나는 심연에서의 활동에 소극적이었다.

약간의 꺼림칙함이 있었고, 그것은 나와 우리엘 디아블로를 확실하게 구분 짓지 못한 데에 기인한다.

오한성으로서의 나, 우리엘 디아블로서의 나.

둘 다 같다고 생각했다.

그래서 라이라의 호의를 무시할 수 없었고 혼란을 느낀 것이다. 굳이 그럴 필요가 없음에도!

애당초 심연은, 데몬로드라는 직책은 나와 양립할 수 없다. 극과 극이 만나서 서로를 잡아당기는 건 자석이나 가능한 일이다. 종도, 성향도, 모든 게 다른 우리가 양립한다는 그 전제 자체가 잘못된 것이다.

'합칠 수 없다면 분리할 수밖에.'

다만, 본연의 일에 충실할 생각이다.

오한성으로서의 나는 인류의 승리를 위하여, 그리고 우리 엘 디아블로로서의 나는 다른 데몬로드의 방해와 파멸을 위하여.

그러니 필요 없는 건 잘라낸다.

라이라 디아블로. 그녀의 헌신은 과하다. 균형을 잡을 필요가 있었다. 이번처럼 이성을 잃고 냉정하게 판단하지 못하여 폭주할 가능성이 있는 탓이다.

['대표 자격' 으로 상회의 정보를 확인합니다.]

[절대 지배 상회]

[상회 가치 - 3,500,000pt]

[일별 매출 평균 - 50,550pt]

[상회 유보금 - 560,000pt]

- '중앙 지부' 를 건설 중입니다(700,000pt).

-200,000pt를 들여 소형의 '금광맥' 을 구매했습니다.(예상 매장량-4,500t)

-매출이 폭발적으로 상승하고 있습니다.

성의 중심, 정보를 담당하는 크리스털 앞에 서서 관련된 창들을 띄웠다. 보유한 포인트의 현황과 빠르게 확장되는 상단의 재무 상태를 확인할 수 있었다.

상회는 나날이 성장하는 중이었다. 라이라와 구르망디의 합작. 생각 이상의 뛰어난 수완을 보여주고 있었다.

'방어의 걱정은 없겠군.'

유보금의 절반을 사용해서 상회의 지부를 건설하는 중이었다. 바로 이곳, 나의 영지 바로 옆에 말이다. 하지만 이름만 지부지 실상은 길고 높은 '벽'이었다.

외침으로부터 나의 성을 지킬 벽.

이어 허공에 십자 인을 그었다.

[보유한 포인트는 '267,400'입니다.]

폭발적인 매출 상승과 더불어 폭발적인 수익이었다.

당장 구르망디급의 리치 셋은 지배할 수 있는 수치. 고작 한 달 사이에 10만 포인트가량이 거저 굴러들어 왔으니 체감이 잘되지 않았다.

과거 죽을 고비를 넘겨가며 알뜰살뜰 포인트를 모았던 때가 떠올라서 굉장히 허망해지는 순간이었지만, 데몬로드의 입장에선 아직도 한없이 부족하기만 한 금액이다.

'멸제의 카르페디엠이 이끄는 군단의 숫자는 오천여.'

대부분이 골렘이고 4~6Lv 정도로 구성되어 있었다. 특히 최측근이라 할 수 있는 괴물들은 일전에 봤던 10여 기의 듀라한과 용아병이다.

모두 능력치 총합 400~430 선의, 8Lv 상위 수준의 괴물로서 어지간한 리치 정도의 강함을 지니고 있었다. 한마디로 구르망디가 10마리 있는 거다.

반면에 나는?

'내가 가진 전력은 500의 창기병, 헤이만 용병단, 구화랑과 야차들, 라이라 디아블로가 전부다.'

실질적으로 이게 전부다. 부딪치는 것 자체가 어불성설. 계란으로 바위 치기까진 아니지만 패배할 확률이 더 높은 건 사실이다.

그나마 비벼볼 만한 건 다수의 싸움에서 힘을 발휘하는 라이라의 마검, '검은 태양'이었다.

카르페디엠이 쉽게 공격을 하지 못하는 이유가 거기에 있었다.

녀석은 병력의 수는 많아도 정작 아주 강한 괴물을 보유하진 못했으니까. 라이라에게 있어선 정말로 날뛰기 좋은 환경이었다.

더불어 내가 가진 미지의 권능, 미래를 볼 수 있다고 거짓

소문을 퍼뜨린 그 권능의 영향도 있을 것이었고.

물론 500의 창기병도 무시할 순 없다. 창기병들은 능력치 총합 340 선의 7레벨 최상위의 괴물이었으니.

'이대로 맞붙어서 이길 가능성은 3:7.'

냉정하게, 아주 냉정하게 따져 봤다.

나는 숱한 전쟁을 겪어 봤다. 인간보다 전쟁을 좋아하는 종족은 없다. 심지어 심연의 괴물조차도 인간처럼 단시간에 미친 듯이 전쟁을 일으키진 않는다.

그리하여 내다봤을 때 이길 가능성이 3, 패배할 가능성이 7이었다.

이건 드러난 전력만으로 붙었을 때의 이야기고, 카르페디엠이 숨겨둔 카드가 몇 장이나 있느냐에 따라서 승률은 더 낮아질 것이었다.

그럼 어떻게 해야 승률을 높일 수 있을까?

'상회의 자본은 오로지 수성을 위해서만 쓰여야 한다. 괜히 적을 늘릴 필요는 없으니.'

지부를 내 영지에 건설한 것만으로도 많은 의심과 눈총을 샀을 것이다. 상회에 투자한 자는 모두 크고 작은 도시의 영주, 이름난 군단을 이끄는 괴물이었다.

아무리 내가 데몬로드라고 할지라도 상회의 포인트를 횡령하고 유용하면 그들은 자연스럽게 등을 돌리거나 나를 적대할 터. 까딱하다 카르페디엠에게 붙어버리는 건 상상할 수 있는 가장 최악의 시나리오였다.

소탐대실, 벼룩 잡으려다가 초가삼간 태우는 일이다.

그래서 이 수는 가장 먼저 제외했다.

'내가 가진 자본과 능력으로 가능한 일이라면······.'

의외로 답은 간단명료했다.

'번식과 지배.'

숫자를 늘리고, 괴물들을 진화시켜 사용하는 것이다.

여기서 내가 떠올린 방법은 한 가지였다.

'고독(蠱毒)을 만든다.'

항아리에 독성이 높은 독충을 담으면 서로가 싸우는데, 그 독충들 중 마지막으로 살아남은 놈은 강력한 독을 지닌 고(蠱)가 된다. 잔인하기 짝이 없는 방식이지만 그렇게 만들어진 고독에게서 추출한 독은 세상에서 가장 잔인한 무기로 변한다.

이걸 괴물들에게 적용해 보면 어떨까?

본연의 임무에 충실하자고 생각했기 때문인지 발상 또한 과격해졌다.

그리고 가장 마지막에 살아남은 괴물은 어떠한 방식으로 진화하며 완성될지 궁금하지 않다면 거짓일 것이다.

그리고 그 살아남은 괴물을 빠르게 번식시킬 수만 있다

면…… 단시간 내에 카르페디엠의 군단을 상대할 힘을 손에 넣을 수 있게 될 터였다.

즉시 행동으로 옮겼다.

암흑 상회에서 3만여 포인트를 들여 고블린, 놀, 오크, 식육박쥐와 임프, 워 엔트와 좀비 따위를 마구잡이로 사들였다.

도합 500여 마리가 넘었다.

이어 괴물들을 성의 지하 매우 좁은 공간에 가뒀다.

"싸워라. 마지막 하나가 남을 때까지."

쿵!

그 말만을 남기고 거대한 석벽을 닫아버렸다.

키이이이익!

캬아아아!

벽을 타고 들려오는 괴성과 비명들.

등을 돌려 천천히 지하 석실을 벗어났다.

빠르게, 더욱 빠르게.

그동안 소홀히 했던 틈을 단번에 채워 버릴 요량으로 움직였다.

당장은 순조로웠다.

하지만 난적은 따로 있었다.

"명령하신다면 가겠습니다. 대신 그 보상으로 로드의 밀음을 얻을 수 있을까요?"

라이라 디아블로.

나는 그녀에게 임무를 맡겼다. 내 영지 주변에 도사리는 '눈'들을 제거하라고 말이다.

내가 멸제의 카르페디엠을 견제하듯, 멸제의 카르페디엠도 나를 견제한다. 당연히 내 변화를 알아차릴 수 있도록 '눈'을 심어두는 건 당연한 처사다.

믿음, 믿음이라.

일전의 일로 내게서 그것을 잃었다고 생각한 걸까?

나는 고개를 끄덕였다. 단순한 믿음의 영역에서 그녀는 이미 나무랄 데가 없었으니 별거 아니라고 받아들였다.

그리고 정확히 이틀 후.

"모든 '눈'을 제거했습니다. 더 시키실 건 없으신가요?"

내 앞으로 수십의 괴물이 사체가 되어 나뒹굴었다.

가고일, 나이트 워커, 투명벌레와 같은 정찰에 '최적화'된 괴물들.

라이라는 훌륭하게 명령을 수행했다.

그럼에도 또 다른 명령을 기다리고 있었다.

자신의 입장을 받아들였다고 봐야 하는 건가. 그렇다면 나쁘지 않은 일이라고, 그렇게 생각했다.

"크리퀴가 내게 보낸 서신에 의하면 '아이닐의 마녀'라고 불리는 메두사가 카르페디엠의 새끼손가락이라고 한다."

"마녀의 머리를 잘라오겠습니다. 그 보상으로 로드의 신뢰를 얻고 싶습니다."

믿음과 신뢰는 같은 말이다. 하지만 묘하게 다른 부분도 있었다.

믿음은 상대를 믿는 마음이고, 신뢰는 상대를 한 발자국 더 나아가 의지하며 어떠한 상황에서라도 믿는다는 뜻이었다.

자신을 믿어달라는 의미. 재차 내 믿음이 돌아왔다고 확인이라도 하고 싶은 걸까?

라이라는 명령을 내리고 이번에도 이틀 만에 메두사의 머리를 잘라왔다.

얼굴과 몸 전체에 묻은 흙과 그을림 등은 그녀가 얼마나 조급하게 메두사를 사냥하고 돌아왔는지 알려주는 대목이었다.

그 뒤로도 이런 일은 계속됐다.

"카르페디엠의 재정을 관리하는 임프를 산 채로 잡아 오겠습니다. 그 보상으로 로드의 '이해심'을 얻고 싶어요."

"카르페디엠이 새롭게 정찰대를 편성한 것 같습니다. 최대한 경계를 삼엄하게 하고 보이는 족족 죽였습니다만, 이걸로 로드의 '관용'을 얻을 수 있을까요?"

"카르페디엠이……."

무한 반복이었다. 시키는 족족 하루, 길어야 이틀 만에 모든 일을 해결했으며 그 보상으로 라이라는 나의 '마음'을 얻길 바랐다.

내가 굳이 시키지 않은 일까지 도맡아 하면서.

물론 그 행동들은 모두 '나의 승리'와 연관 지어져 있었으니 내가 했던 말을 그대로 실천하고 있는 셈이었다.

하지만 너무 속이 보였다.

필사적이었고, 포기하지 않았다.

젠장할.

나는 라이라 디아블로를 너무 얕봤을지도 모르겠다.

그녀의 마음이 얼마나 크고 간절했는지, 나는 진정으로 모르고 있었다.

내가 허락하지 않아도, 내가 보상을 거절해도 그녀는 스스로의 탑을 쌓듯 스스로의 마음을 쌓아 나갔다.

"'망령대왕의 묘'로 가라. 멸제의 카르페디엠이 사활을 걸고 그곳에서 얻으려는 게 무엇인지 은밀하게 알아내야 한다. 결코 정면으로 부딪쳐선 안 될 것이다. 그럴 정황이 되면 발을 빼고 돌아오도록."

일전에 구화랑에게 시킨 임무이지만 경계가 너무 삼엄한 나머지 실패했다고 했다. 벌집 쑤시듯 이렇게나 쑤시고 다녔는데도 카르페디엠에게 반응이 없는 건, 녀석이 '망령대왕의 묘'에 집중하고 있기 때문이었다.

궁금했다. 하지만 그만큼 위험한 일이었다.

정면으로 부딪쳤다간 카르페디엠이 어떻게 나올지 모른다.

난이도는 극상이었다.

그것을 라이라도 모르진 않을 것이다.

반쯤은 실패하길 바라고 있었다.

"알겠습니다. 성공하면 그 보상으로…… 이번엔 다녀와서 말해도 될까요?"

"어차피 듣지 않을 테니 알아서 하라."

차갑기 그지없는 말이었으나 라이라는 씽긋 미소마저 보였다.

그리고 며칠간 라이라는 영지에 돌아오지 않았다.

이번에는 조금 길었다.

정확히 5일 뒤, 그녀는 전신에 흙을 뒤집어쓴 채 돌아왔다.

평소의 위엄이나 품위와는 전혀 안 어울리는 모습. 머리도 산발이 되었고 그것을 정리할 생각도 없이 무작정 달려온 것 같았다.

"카르페디엠이 그곳에서 무엇을 구하고자 하는지 알아냈습니다."

"무엇이냐?"

"그 전에 먼저, 제가 원하는 보상을 말씀드리겠습니다."

이번에는 라이라도 웃지 못했다.

내 허락이 떨어지지 않았음에도 라이라는 잔뜩 긴장한 기색으로 내 눈을 똑바로 바라보며 입을 열었다.

"저는 로드의 '사랑'을 원합니다."

여태껏 단 한 번도 입에 담지 않았던 단어.

절대로 이뤄지지 않을 것을 알기에 그저 담아만 두었던 그 단어를 마침내 꺼낸 것이다.

내가 막 입을 열려는 찰나, 그녀가 계속해서 말했다.

"괜찮습니다. 오로지 저만, 저 혼자만의 마음으로 남아도 개의치 않습니다. 저는 이 마음의 답을 바라는 게 아니에요. 다만, 이것 하나만 알아주시길. 버리라고, 이 이상을 갈구하지 말라고 못을 박으셔도 저는 포기하지 않는다는 것을요."

선을 그으려고 했다.

혀에 독을 품고 분명히 그 선을 그었을 터였다.

그런데 라이라는 선을 넘는 게 아니라 지워 버렸다. 아예 없는 걸로 만들었다.

"모든 걸 잊으라 하셔도 처음부터 다시 쌓아가면 그만일 뿐. 모든 게 백지로 돌아간다고 한들 제가 완성하는 그림은 달라지지 않을 거랍니다."

그러니 포기해라.

밀어내면 밀어낼수록 더욱 강하게 다가갈 테니!

여태껏 믿음과 신뢰를 바란 건 바로 이 한마디를 위해서였다.

말문이 막혔다.

다시 쌓는다. 처음부터.

그 말이 머리를 강하게 때렸다.

나는 인정할 수밖에 없었다.

라이라 디아블로.

그녀는 너무 강했다.

내 상상 이상으로.

깡-! 까앙-!

망치가 모루를 때리는 소리가 우렁차게 대장간을 울렸다.

잔뜩 표정을 굳힌 채 쇠를 때리는 데 열중했다.

흐트러진 정신을 집중하기 위해선 이만한 게 없다.

하지만 좀처럼 집중이 되지 않았다.

'알아주라고?'

기습 공격이었다.

상상도 못 한 일격에 일순간이지만 휘청거렸다.

또한 선전포고였다.

절대로 포기하지 않을 테니, 내가 포기하라고 말이다.

이에 마음을 다잡고자 다시 전이하여 즉시 대장간으로 달렸다.

틈을 메꾸고자 매몰차게 대했으나 예상하지 못한 일격에 도리어 전보다 '틈'이 벌어진 것 같았다.

이런 고민을 한다는 것 자체가 이미 '라이라 디아블로'란 존재가 어떠한 방식으로든 내 마음 안에 자리 잡고 있음을 뜻했다.

분리하고자 하였으나 이 감정이 누구의 것인지 도무지 알 수가 없다. 오한성인가, 아니면 우리엘 디아블로인가.

'다시 쌓는다. 처음부터……'

하지만 그보다 내 마음을 더 울린 건 라이라 디아블로의 마지막 발언이다.

기억을 지워도, 백지부터 시작해도 결국엔 같을 거라는 말.

공든 탑이 와르르 무너져도 다시 쌓으면 그만이라고, 그녀는 너무나 쉽게 말하고 있었다.

'하나 결코 쉬운 일이 아니지.'

그래서 강했다.

라이라 디아블로가 살아오며 숱하게 좌절하고 절망했었음을 알 수 있는 대목이었다.

그런데도, 아직까지도 그녀는 그런 말을 입에 담는다.

나는 그럴 수 있을까?

수십, 수백 번을 다시 시작해도 그러한 강인함을 간직할 수 있을 것인지.

솔직히 말해서 자신이 없었다. 노력과는 전혀 다른 분야다. 승천자의 의식을 깬 건 나의 욕망과 오기 덕분이었지 그짓을 수십 번 반복하라고 한다면 절망감부터 들 것이다.

그런 의미에서 보자면…… 라이라 디아블로는 나보다 강했다. 그 곧은 눈빛을 보고 알았다. 무슨 일이 있어도, 천 번만 번 쓰러져도 다시 일어날 것임을.

'단순한 괴물이 아니었던가.'

괴물. 인류의 적. 반드시 쓰러뜨려야 할 존재.

그렇게 생각했다. 지금도 그 생각은 변함이 없었다. 수십 년간 쌓이고 정제되어 온 개념이었으니 바꾸는 건 거의 불가능하다.

하지만 그 눈을 보고 내 관념이 송두리째 뒤흔들렸다.

그처럼 올곧은 눈빛이라니!

마족은 '악의'의 종족이다. 라이라도 마족의 피를 진하게 타고났으니 그처럼 선명하고 올곧은 눈을 가질 수 있다는 건 말이 안 된다.

실제로 내가 본 모든 마족이 라이라와 달랐다. 그들은 내 경험과 상상 그대로의 존재들이었으므로. 모두 음침하고 음습하고 음울한 눈만을 가지고 있었다.

문득 이런 생각도 들었다.

과거의 침공에서도 그녀는 여전히 달라지지 않은 눈을 가지고 있었을지도 모른다. 하지만 그때의 나는 그것을 보고 생각할 여유가 없었다. 인간의 입장에선 눈빛 따위가 어찌 됐든 상관이 없었기 때문이다.

'입장의 차이.'

하지만 지금은 다르다.

과거의 나와 지금의 나는 엄연히 달랐다.

그렇다면 나 역시도 처음부터 다시 써내려 갈 수 있지 않을까. 모든 일을 지우는 게 아니라 단순히 내가 가진 시야를 재점검하자는 의미였다.

인간도 영웅이 있는 반면 알레테이아와 같은 악의 집단이 존재하듯이 마족들도, 괴물들도 충분히 그럴 가능성이 있는 것이다.

바꾸는 건 불가능하지만 아예 지우고 새로 써내려 가는 건 충분히 가능하지 않을까?

'지운다. 지운다⋯⋯.'

생각지도 못한 역발상.

하지만 쉽게 가능했다면 진즉에 했을 것이다.

예로부터 이런 말도 있지 않았나.

사람은 고쳐 쓰는 거 아니라고.

수십 년간 고착화된 개념을, 적의를 쉽게 지울 수 있을 리가 만무했다.

나는 최후의 영웅으로서 오로지 괴물을 죽이는 것만을 생각해 왔다. 그들의 침략을 막고, 설령 새끼라 하더라도 씨를 말려 버렸다.

그래서 포용보단 배척이 더욱 당연하게 여겨졌다.

반면에 지금의 나는 영웅이 아니다. 영웅이 될 생각조차 없었다.

오히려 내 성향은 어둠에 가까웠다. 데몬로드가 되고 지배의 힘이란 억제력을 사용하며 수많은 가면을 썼으니 아무리 좋게 봐 줘도 빛에 속하진 않았다.

분리하고자 했지만 진짜 오한성이란 게 있었던가?

'일망무제의 끝없는 사막조차도 나를 막진 못하였다. 망망대해와 같은 사막에 스스로를 던지고 수없이 잊고 깨달으며 각성하라는 현장(玄奘)의 가르침이었지.'

태을무극심법의 구결. 현장이 내게 알려준 깨달음의 방법이었다.

처음에는 현장이 누구인지 몰랐으나 암령이 제천대성임을 알게 된 순간 그의 이름 역시 알게 되었다.

삼장법사. 서유기에 등장하는 그 인물이 맞는지 아닌지는 확신할 수 없으나 목소리에서 느껴진 현묘함은 그 암령조차도 단번에 제압해 버릴 정도로 강렬했다.

저 한마디에 그의 모든 만상의 깨달음이 담겨 있는 것이다.

끝없이 스스로와 싸우고 이겨내는 것.

그것이 현장이 말하는 무한의 정의였다.

'틈은 나 스스로가 만든 것이다.'

숨을 크게 들이마셨다. 모든 일을 단순히 배척하는 것만으로 해결할 순 없다는 건 나도 안다. 밀어내면 다가오는 것도 당연한 이치였으나 나는 그저 스스로에게 취해 그를 간과하고 말았다.

깡—! 까앙!

시각, 촉각, 청각과 후각, 그리고 미각마저도 천천히 지워진다. 오감이 지워지고 나는 자아의 폭풍 속으로 걸어 들어갔다.

'지우고 다시 쌓는다. 일망무제의 깨달음은 거기서부터 시작한다.'

쉽지 않을 것이다.

그러나 이 역시 도전이었다.

작은 계기만으로도 모든 게 바뀔 수 있다.

나는 그 과정을, 결과를 두 눈으로 한 차례 목도하지 않았던가!

김혜윤. 오로지 절망밖에 없었던 그녀가 내 한마디에, 조그마한 일상의 변화에 꺼져 가던 내면의 불꽃을 다시 태웠다.

라이라 디아블로의 마지막 말이 그와 같았다.

그 한마디가 내 정신을, 나의 아집을 꼬집어 일깨웠다.

내가 김혜윤의 변화를 주도해 놓고 정작 나 스스로가 변화하는 게 불가능하다면 모순이다.

따져 보면 변화조차 아니었다. 결국 진정한 나를 찾는 여행이었다.

흔히 말하는 자아성찰. 그리하여 무한한 자유를 얻기 위한 여행.

급변하는 세상의 중심에 한국이 있었다.

가장 처음 문과 던전의 존재를 공표하고 거대 길드가 만들어졌으며 수많은 가이드라인과 각성 시스템에 관한 정보 등을 마치 준비했다는 듯이 풀어놓았기 때문이다.

바야흐로 초인 시대의 서막이었는데, 특히 한국의 특성상 던전은 '새로운 기회의 장'이 되기도 하였다.

그곳에서 얻을 수 있는 신물질들.

마법이 담긴 장비와 물약 등이 엄청난 고가에 거래가 되었다.

희귀한 짐승은 컬렉터들에게 선풍적인 인기를 끌었고 강해진 신체는 더욱 많은 사회에서의 공헌과 기회를 이야기했다.

그에 눈이 휘둥그레진 사람들이 너도나도 할 것 없이 뛰어들었다. 한국에선 기회라는 단어가 무척이나 비쌌다. 괜히 '헬조선' 소리가 나오는 게 아니다.

그런데 기회의 땅이 열렸다.

물론 긍정적인 측면만 있는 건 아니다.

그리하여 난장판이 될 것을 모두가 예견했지만 정부의 지원과 아포칼립스 길드가 균형을 잡으며 의외로 순항을 하고 있었다.

"떴다!"

"멋쟁이신사? 빨리 주문 넣어. 더 유명해지면 구하고 싶어도 못 구할 테니까!"

"이번에는 아예 경매로 풀어놨는데?"

당연히 던전에서 사용하는 '장비'가 얼마나 중요한지도 한창 대두되고 있었다.

목숨을 지켜줄 보루. 사냥 속도를 더욱 빠르게 만들어주고, 남들보다 쉽게 우위를 점할 수 있도록 해주는 게 바로 장비였다.

특히 마법이나 특수 옵션이 달린 장비는 암중 수천만 원

이상에 팔려 나가기도 했다.

그리고 한국에서 가장 큰 인터넷 장터에서 '멋쟁이신사' 닉네임을 사용하는 한 유저가 암암리에 소문을 타고 있었다.

처음에는 뜬소문에 불과했다.

그가 만든 장비는 같은 급에서도 두 단계 이상의 힘을 발휘한다고.

'낭만어쌔신'이라는 닉네임을 사용하는 남자가 아포칼립스 길드에 처음 글을 올리며 알려졌지만 모두가 콧방귀를 뀌었다.

하지만 매일 하나, 두 개 이상의 글이 올라왔고 조금씩 '멋쟁이신사'에 대한 소문이 퍼지기 시작했다.

결정적으로 스스로를 '낭만어쌔신'이라고 밝힌 남자가 진입 장벽을 넘어 순식간에 나찰산 5층을 돌파하고 아포칼립스 길드에 채용되며 이야기가 더 뜨겁게 불타올랐다.

"그는 뛰어난 대장장이입니다. 남들과의 차이를 따라잡을 수 있었던 건 모두 그가 만들어준 무기 덕분이죠."

이름은 언급하지 않았지만, 과거 그가 남긴 글들을 유추해서 대장장이가 '멋쟁이신사'임이 은연중 떠돌게 되었다.

한국 사람들은 그 특성상 하나에 꽂히면 미친 듯이 몰두하는 경향이 있다. 특히 게임에 있어선 '한국 레벨'이 따로 존재할 정도로 세계에서 압도적이었는데, 던전과 사냥을 그러한 느낌으로 하는 사람도 상당히 많았다.

초인의 존재가 공표되고 고작 두 달여가 지났을 따름이지만 이미 초창기 각성자와 이제 막 각성한 사람 사이에는 넘지 못하는 벽이 있었다.

그런데 그가 그것을 따라잡은 것이다. 어느 정도 이슈가 될 수밖에 없었다.

때마침 한동안 작품 활동을 안 하던 '멋쟁이신사'가 장터에 20개의 매물을 경매로 내놓으면서 이야깃거리가 되었다.

"입찰가가 벌써 30만 원을 넘었네."

"올린 지 얼마나 됐는데 그래?"

"2시간. 앞으로 22시간 남았어."

"24시간 동안만 경매 매물로 등록한 거라고? 대체 무슨 자신감이야."

하루에도 수천 개의 물품이 경매로 올라온다.

대부분이 그대로 묻히거나 본전도 못 뽑기 일쑤였다.

하지만 한번 입소문을 타고 빠르게 경매가가 올라가자 관심이 없던 사람들도 관심을 갖기 시작했다.

"실시간 관심 매물?"

"철 쪼가리 주제에 개시 6시간 만에 100만 원을 넘겨?"

하지만 부정적인 사람이 더 많았다. 고작 사진 한 장과 몇 가지 설명이 전부였으니 이런 데에 수백만 단위의 돈을 사용하는 걸 이해하지 못했다.

하지만 장비의 중요성을 깨닫고, 멋쟁이신사의 무기를 손에 넣었거나 근처에서 그 장비들이 활용되는 걸 본 사람들은 관점을 전혀 달리했다.

"이 도끼는 한 시간 남기고 천만 원 돌파했네. 와. 쩐다."

"가장 낮은 가격으로 입찰된 게 300만 원이야. 20개 올라왔으니까 다 합치면…….'

"1억이 넘잖아!"

사람들이 억! 소리를 내며 입을 벌렸다.

오래된 명검이나 값비싼 재료로 만들어진 장비도 아닌데 이만한 가격으로 형성된 게 쉽사리 믿기지 않는 것이다.

돈 있는 사람들이 경쟁하듯 물건을 선점해 나갔다.

그저 사진과 생소한 이름만 보고 돈 몇백, 몇천 가까이 지출하는 건 일반인의 관점에선 이해가 안 되는 일이지만, 어느 정도 정보를 접한 강자들은 치열하게 경쟁하며 가격을 띄웠다.

그리하여 총 20개의 작품이 도합 2억 3천이라는 거금에 팔려 나갔다.

실시간 관심 매물 1~10순위 전부가 '멋쟁이신사'의 작품이었으니 단순한 해프닝치고는 상당한 관심이 몰려들었다.

"멋쟁이신사가 누구야?"

"특종이다. 다른 기자들보다 먼저 접촉해야 돼!"

이에 궁금증을 느낀 사람들과 기자들이 '멋쟁이신사'에 대한 조사를 시작했지만 건진 건 아무것도 없었다. 마치 갑자기 생겨난 귀신처럼 보였다.

쪽지를 보내도, 메일을 보내도 묵묵부답. 홀연히 20개의 작품을 장터에 올린 그는 잠시의 열풍을 만들곤 연기처럼 사라졌다.

너무 집중한 나머지 필요 이상으로 만들어버리고 말았다. 장장 3일 내내 망치만 쥐고 있었다.

버리긴 아까워서 장터에 경매로 내놨는데 반응이 생각보다 좋았다.

'딱히 돈에 구애되는 건 아니지만.'

많아서 나쁠 건 또 뭔가.

물론 장터의 아이디도, 돈을 입금 받는 통장도, 이 노트북마저도 내 명의로 된 건 아무것도 없었다. 일전 김혜윤을 도우며 털었던 사채 조직의 보스가 뒤쪽으로는 상당히 구려서 여러 가지로 도움을 받을 수 있었던 것이다.

지배자의 권능으로 휘하에 두었으니 설령 문제가 돼도 내가 수면 위로 드러날 일은 어지간하면 없으리라.

'재고 처리는 끝났고……'

한결 마음이 가벼웠다.

나는 아직 여행의 종착역에 도착하지 못했다.

하지만 '길'을 봤다.

내가 나아가야 할 수많은 길 중 하나겠지만, 여태껏 보이지 않았던 새로운 가능성을 발견한 것이다.

내가 해온 모든 일 중에서 의미가 없는 건 없었다. 그 모든 과거가 종합되어 새롭게 시작할 기틀을 마련할 수 있었다.

'태을무극심법이 3성에 올랐다.'

또 다른 변화였다.

3성에 오르며 나는 더욱 자유자재로 '바람'을 다룰 수 있게 되었다. 암령에 대한 제어력이 더욱 높아졌음을 본능적으로 깨달았다.

하지만 아직 모든 게 끝난 건 아니다.

길을 정했을 뿐, 매듭짓지 않은 일이 남아 있었다.

이 일을 매듭지어야만 비로소 나는 새로운 자신과 제대로 마주할 수 있게 된다.

'라이라. 라이라 디아블로.'

홀가분한 표정으로 웃어 보였다.

고백을 받았으니 응당 대답을 해주는 게 남자로서의 의무 아니겠는가.

　　　　　　　　　🦋

　멸제의 카르페디엠이 노리는 건 고대의 거인이었다. 골렘과 비슷한 형상이었으나 훨씬 커다랬으며 그만한 존재감을 지닌 골렘은 라이라도 본 적이 없다고 말했다.

　그것은 망령대왕의 묘 깊숙한 곳에 봉인되어 있었는데 쉽게 다가가지 못할 정도의 삼엄한 감시와 경계 속에서 해제 의식이 진행되는 중이었다.

　멸제의 카르페디엠은 거인을 찾았으나 봉인을 해제하지 못해서 애를 먹고 있었고, 그것이 내가 그토록 건드려도 반응이 없었던 이유였다.

　사활을 건 작업이니 가만히 두고 볼 수만은 없는 노릇. 놈이 노리는 걸 내가 얻을 수만 있다면 전세가 단번에 역전될 수도 있었다.

　문제는 멸제의 카르페디엠이다. 녀석을 그곳에서 끌어내야 한다. 하여 내가 생각해 낸 방법은 녀석을 나와 같은 협상 테이블에 앉히는 것이었다.

　한마디로 빈집을 털어먹겠다는 계획.

　물론 그러기 위해선 선결되어야 할 문제가 몇 가지 있었다.

라이라는 거인을 감싼 게 '고대신이 해놓은 봉인'이라 하였고, 해제하려면 수개월에서 최대 연 단위로 걸린다고 확신하며 말했다.

그러니 계획을 짜고 준비할 시간은 충분한 셈이다.

'지금 당장 직면한 문제를 푸는 게 선결이다.'

왕의 좌에서 눈을 떴을 때, 이그닐이 갸르릉거리며 다리에 얼굴을 비볐다. 황금색의 피부는 더욱 진해졌고 크기도 1.5m에 육박했다.

이타콰와 달리 평균적인 용의 성장률을 보여줬으나 이그닐은 '내실형'이었다. 지능과 마력이 이타콰와 비교하면 말도 안 될 수준으로 높았다.

이름: 이그닐(value-210,000)

종족: 황룡(黃龍)

칭호:

- 염왕의 부름(9Lv, 지능마력+9)

능력치:

힘 33a 민첩 30a 체력 25b

지능 60(51+9)s 마력 74(65+9)ss

잠재력(204/485)

특이 사항: 성현의 가호, 염왕의 힘을 이어받았습니다.

스킬: 염력(5Lv), 염왕의 숨결(6Lv), 마력폭류(6Lv)

심안을 열어 살폈다. 마력 부분에서 나는 기겁할 수밖에 없었다. 먹고, 자고, 싸기만 해도 하루가 다르게 성장하는 게 용이란 존재인 건 알고 있었지만 과연 평범함을 단번에 뛰어넘는 능력치라 아니할 수 없었다.

게다가 지능도 높아서인지 이타콰에 비해 스킬의 레벨이 높았다. 혼자 깨닫고 익혀서 저만한 수준까지 끌어올린 것이다.

당장 이 수준만 하더라도 어지간한 마법사가 명함조차 못 내밀 정도였다. 여기서 더 성장하거든 마력적인 부분에 있어선 대마법사조차 가뿐히 뛰어넘을 수 있으리라.

나는 자리에 앉은 상태 그대로 이그닐의 머리를 쓰다듬었다.

"너는 내가 어찌했으면 좋겠느냐?"

막상 오긴 했는데 대안이 없다. 무작정 전이를 하고 본 것이다. 당장에 달려가서 만난다고 하더라도 대뜸 '너의 사랑을 받아들이마'라고 직설적으로 말할 수도 없는 노릇이었으니.

어쨌거나, 우리엘 디아블로와 라이라 디아블로는 혈연관계다. 근친이 이곳 심연에선 힘의 승계를 위해 그다지 터부시 되는 일은 아니라고 하지만…….

크롱?

이그닐은 고개를 갸웃했다.

지금 내 감정이 무엇인지 알기에 이그닐은 너무 어렸다.

대뜸 다가가서 '마음대로 해라'라고 말해도 라이라는 기뻐할 것이다. 그러나 그러기엔 뭔가가 많이 부족해 보이지 않은가.

외에도 여러 가지 문제가 산재했다.

내가 우리엘 디아블로가 아님을 들켰을 때, 혹은 어떠한 방식으로든 오한성으로서 라이라 디아블로를 만났을 때, 그에 대한 마땅한 해결 방안이 없는 것도 사실이었다.

'질질 끄는 게 더 한심하다.'

하나 이런 건 따져 가면서 하는 게 아니다.

내 경험상으로는 그랬다. 하나둘 따지다 보면 끝도 없다. 결국엔 행동으로조차 옮기지 못하거나 지지부진해지는 경우를 숱하게 봐오지 않았나.

고개를 내젓곤 일어났다.

부딪쳐 보면 뭔가 수가 나올 것이다.

라이라 디아블로.

그녀는 여느 때와 마찬가지로 조촐한 방 안에서 눈을 떴다.

주변에 있는 것이라곤 돌을 깎아 만든 딱딱한 침대와 창문이 전부였다. 오로지 '수면을 위한 방'이라는 용도가 눈에 보이는 수준이었다.

자리에서 일어난 그녀는 지하에 위치한 샘으로 향했다.

옷을 벗고 차갑기 그지없는 물에 잠시 몸을 담그며 정신을 일깨운 뒤 미련 없이 다시 지상으로 향했다.

그리고 미리 만들어 둔 빵을 씹으며 잠시의 심심함을 달랬다.

본래 라이라의 위치 정도 되면 하나부터 열까지 모두 챙겨주는 하수인이 있어도 이상할 게 없지만 그녀는 솔선하여 모든 걸 혼자서 해냈다. 애당초 이 자리에 오르기 전까지 '부귀'와는 거리가 먼 삶을 살았던 탓이다.

'쫓기듯 도망만 다녔었지.'

라이라가 기억하는 삶의 처음 부분은 우리엘이 거대한 짐승으로부터 자신을 지켜주는 모습이었다. 당시의 그는 무척이나 약해서 헬비스트조차도 힘에 겨워했던 것이다.

그는 스스로를 등한시한 채 오로지 라이라만을 지켰다. 그만한 온정을 심연 어디에서 느껴볼 수 있을까?

마족. 그중에서도 용마족의 피를 이은 우리엘과 라이라는 온갖 괴물의 표적이 되었다.

본래는 싸움과 연이 없던 우리엘이 라이라를 지키고자 나날이 강해졌다. 또한 전시에 새겨진 상처도 많아졌다.

자신이 굶어도 라이라는 굶지 않게 했다.

지나치게 특이한 경우였다. 마족은, 심연 속 대부분의 괴물은 자식에게 그만한 정성을 쏟지 않는다. 나름 신성한 종족인 다크엘프조차도 그러했다.

게다가 라이라는 몇 번이나 납치를 당했다. 용마족의 피는 비싼 가격에 팔리기 때문이다.

그리고 그럴 때마다 우리엘은 반드시 라이라를 찾았다. 구했다. 조용히 등을 두드려 주었다.

표현은 서툴지만, 라이라는 그 따사로움을 느낄 수 있었다.

'나의 아버지는 위대한 분이시다.'

후에야 자신의 출신 성분을 알게 되었다.

충격적인 출생의 비밀도 함께.

지금은 '심연의 지평선'의 영주인 쟈낙이 알려준 덕분이다.

태양왕.

심연을 다스리는 네 명의 왕 중 하나.

그 자리에 오를 후계자 중 한 명이 우리엘이었다. 쟈낙이 말하길 '도망간 왕자'라고 표현했지만 라이라의 생각은 달랐다.

우리엘은 마땅히 그 자리에 오를 수 있었다. 마음먹고 힘을 길렀다면 감히 지금의 태양왕은 우리엘, 자신의 아버지가 되었을 것이다.

하지만 그녀를 지키진 못했을 것이었다.

만약 힘을 길러 눈에 띄었다면 그녀는 태어나지조차 못했을 가능성도 충분히 있었으므로.

결국 모든 것과 맞바꿔 자신을 지킨 셈이다.

그 사실을 알게 된 이후, 라이라는 그 모든 온정과 사랑과 헌신에 보답을 하고 싶었다. 그리하여 필사적으로 강해졌다.

'어쩌면.'

또한 쟈낙은 말했다.

어쩌면 우리엘과 라이라는 혈연관계가 아닐 수도 있다고.

쟈낙도 자세히는 모르는 것 같았으나, 확실히 우리엘과 라이라는 그다지 닮은 구석이 없었다.

크기나 뿔의 생김새, 마력의 발현 방식조차도. 비록 같은 용마족이라 할지라도 그 뿌리는 수십, 수백 개에 달하니 신빙성이 없지는 않았다.

그래서 더욱 노력했을지도 모르겠다.

목숨을 걸고 마침 '검은 태양'의 주인이 되었고, 오로지 당신의 곁만을 지키겠노라고 수천, 수만 번 다짐을 하였다.

강해진 뒤 수많은 이가 구애했지만 눈에 차지 않았다. 그녀의 눈에 이미 들어와 박힌 이가 너무 크기 때문에.

이 마음은 그저 담아만 두겠노라고. 평생 그저 곁에만 있어도 만족할 수 있다고 생각했는데 그 다짐이 얼마 전 깨지고 말았다.

'정이 떨어지셨을까.'

전전긍긍. 검을 쥐어도 마음처럼 휘둘러지지가 않는다.

그가 자신을 거부한다고 해도 절대로 떨어질 생각은 없지만 매몰차게 밀어낸다면 어찌하냐는 생각이 계속해서 머릿속을 휘저었다.

'이런 내가 미우실까.'

그의 굳어버린 표정이 뇌리에서 떠나질 않았다.

따져 보면, 그녀는 좋은 재료다. 우리엘 디아블로가 홀로 세를 키우는 것보단 다른 데몬로드와 힘을 합쳐 나아가는 게 훨씬 빠르고 좋은 길임은 굳이 말하지 않아도 될 정도다.

거기서 라이라는 정략혼의 대상이 될 수 있었다. 하지만 라이라 쪽에서 그런 가능성을 매몰차게 차버린 것이니 어쩌면 화가 나 있을 수도 있었다.

애당초 그의 애정과 사랑은 라이라의 것과는 분명히 달랐던 탓이다.

그래서 겉으로는 멀쩡한 척, 호기로운 척을 했지만 속은 문드러지고 있었다.

쉬리릭!

검이 날아갔다.

구화랑과 대련을 하던 도중 생긴 일.

구화랑은 눈썹을 구겨 보였다.

"손에 힘이 너무 없는 거 아니오?"

"……다시 하지."

떨어진 검을 줍고 라이라가 고개를 내저었다.

너무 많은 생각이 행동에도 영향을 주고 있었다.

이래선 안 된다. 스스로에게 휘둘리면 제대로 일을 처리할 수 없다.

애써 마음을 다잡은 그녀가 제대로 검을 쥐었다.

하지만 그 상황이 길게 가진 않았다.

"라이라."

그 목소리를 듣고 일순간 라이라 디아블로의 신체가 굳었다.

얼마나 방심하고 있었으면 가까이 다가오는 것조차 깨닫지 못한 것일까.

이어 애써 태연하게 몸을 돌린 그녀가 천천히 한쪽 무릎을 꿇었다.

"로드를 뵙습니다."

주변에 있던 구화랑과 야차도 함께 무릎을 꿇었으나 우리엘의 눈은 오로지 라이라에게만 고정되어 있었다.

"따라오너라. 함께 갈 곳이 있다."

여전히 무표정한 얼굴로 그가 발걸음을 옮겼다.

여기서 또 한 차례 라이라는 군을 수밖에 없었다.

너무 갑작스러웠다.

왜인지 불안한 감정이 계속해서 찾아들었다.

그녀는 긴장한 얼굴로 자리에서 일어나 우리엘의 뒤를 따랐다.

한참을 걷고, 이동식 게이트를 몇 차례나 넘어 반나절이 걸려 도착한 곳은 비좁은 동굴이었다.

척박한 땅.

죽어가는 나무들이 울창한 곳 사이에 있는 볼품없는 동굴 말이다.

"이곳은……."

여태껏 한마디도 없던 라이라가 눈을 크게 떴다.

그래, 이곳은 그녀에게도 익숙한 장소일 터였다.

우리엘 디아블로의 기억 중 가장 격렬한 감정이 요동치던 장소. 겨우 몸만 빠져나와 둘은 이 비좁은 동굴에서 생활했다. 헬비스트의 습격에서 라이라를 지키고 큰 상처를 입은 곳도 이곳이었다.

여기가 분기점이었다.

이곳에서 모든 게 시작됐다고 봐도 과언이 아니다.

"이곳에 있을 때의 너는 무척이나 작았지."

우리엘 디아블로의 기억. 모두는 아니지만 이때의 감정은 분명히 남아 있었다. 그래서인지 처음 보는 장소임에도 왜인지 아련한 기분이 들었다.

라이라는 가만히 나를 올려다보고 있었다.

그녀의 두 눈에 약간의 혼란이 보였다. 내가 무슨 말을 하고 싶은 건지 전혀 감도 잡지 못했다는 듯이.

"믿음, 신뢰, 이해와 관용…… 그리고 마음까지."

그녀가 내게서 얻어가길 바랐던 것들이다.

그리고 실제로 그녀는 어느 정도 성과를 이뤘다.

나는 뒷걸음만 치려고 했다. 편협한 시야로 재단하려 들었고, 그런 내게 라이라는 일침을 가했다. 그제야 나는 제대로 세상을, 그녀를 볼 수 있었다.

"나는 너의 이상을 내게서 바라지 말라고 말했다. 그러는 게 맞다고 생각했다. 앞으로의 대업을 이루려면 사소한 감정을 뒤로해야 한다고 믿었다."

할 일이 많다. 장애물은 더 많다.

나는 혼자 넘으려고 했다.

라이라는 같이 넘자고 말했다.

그녀의 눈가에 잔잔한 파장이 일었다.

"실은 사소한 게 아님을 안다. 숨긴다고 숨겨지는 것 또한 아니라는 걸 안다. 다만, 혼란스러웠다. 너의 말들은 내 가치관을 송두리째 뿌리부터 흔드는 것이었기에."

"저는……."

"그럴 의도가 없었음을 알고 있다. 그래서 수없이 고민했노라. 그러나 머지않아 늦었다는 걸 깨달았다. 너는 이미 내게서 다 가져가 버리고 난 뒤였으니."

믿음, 신뢰, 이해, 관용, 마음까지.

그녀는 하나씩 가져갔다. 포기하지 않고 오롯이 쟁취한 것이다.

피할 수 없는 기습 공격과도 같았다. 깨달았을 땐 늦었다.

이럴 때 내 말주변이 없음을 한없이 후회했다. 그러나 이 말만은 꼭 하고 싶었다.

"늦지 않았다면 백지에서부터 다시 그려보고 싶구나. 나는 너를, 너는 나를 아무런 편견 없이 있는 그대로의 모습으로 말이다."

"늦지…… 늦지 않았습니다."

라이라가 힘들게 입을 열었다.

나는 천천히 라이라를 바라봤다.

"다시 그린다 한들 제가 완성하는 그림은 달라지지 않을 거랍니다."

저번에 했던 말과 같은 대답이었다.

다만, 그때와 다른 게 있다고 한다면.

어느덧 그녀의 얼굴에 꽃이 화사하게 피어 있다는 점.

심연에서 피어나는 가장 아름다운 꽃이었다.

[우리엘 디아블로와의 영혼 동화율이 69%→75%까지 상승했습니다.]

[동화율이 분기점을 넘겼습니다.]

25장
빠른 전개

극적인 한 걸음.

작지만 큰 그 일보를 나는 내디뎠다.

아무런 편견 없이 라이라를 바라보기로.

결국 과거의 일은 과거의 일이었다. 지금에 와선 일어나지 않을 일이 되었으며, 나 역시 입장의 차이가 있음을 분명하게 인지하고 인정하게 되었다.

우리는 조용히 돌아왔다. 평소보다 더욱 말이 없었다.

하지만 결코 답답하거나 억눌러진 분위기는 아니었다.

뭐라고 해야 할까.

여태까지는 둘 사이의 정적이 한없이 부담스러웠지만, 이제는 한결 더 자연스러워진 느낌이었다. 한층 어색함이 없어

졌으며 이 시간 자체가 그저 아름답게 느껴졌으니, 과거의
내가 보았다면 미쳤다고 생각할 법한 상황인 것이다.

　이후 우리는 평소와 같은 일과를 보냈다.

　하지만 분명히 그 분위기는 달라져 있었다. 있는 그대로를
바라보기로 했기 때문일까. 아무런 편견 없이 그저 있는 그
대로의 라이라 디아블로를 나는 다시 만나고 있는 셈이었다.

　그리고 잠이 들었을 때.

　내면 깊숙한 곳에 숨겨져 있었던 '기억'들이 튀어나오기 시
작했다.

「나는 언제나 벼랑 끝이었다.」

　꿈임을 자각했다.

　하지만 나의 기억이 아니었다.

　우리엘 디아블로. 놈의 목소리가 나를 깨웠다.

　동시에 그의 어린 시절이 펼쳐졌다.

　그는 행복하지 못했다.

「그저 보는 게 전부란 말인가? 형편없군!」

「어미의 배를 찢고 나왔다고 하여 기대했거늘.」

「좀처럼 찾기 힘든 천룡의 그릇이었는데. 가진 능력이 고

작, 허. 아쉽다, 아쉬워.」

세상에 나오고 처음 들은 말은 모두 비수와 같은 비평과 한숨 섞인 빈정거림뿐이었다.

쓸모없다.

우리엘이 가장 먼저 배운 말이 그것이었으니 말은 다했다.

누구도 그를 사랑하지 않았다. 누구도 그를 필요로 하지 않았다.

있어도, 없어도 그만인 존재.

비좁은 우리에서 짐승처럼 취급받으며 그는 자랐다.

그러던 어느 날.

「우리엘, 반신족의 수발을 들어라. 쓸모없는 네가 할 수 있는 유일한 일이니.」

거절할 수 없었다. 성장하면서 그는 단 한 번도 거절을 해 본 적이 없었다. 그러할 자격조차 박탈당했기 때문이다.

그리고 그녀와 만났다.

반신족. 심연에 존재하지 않는 순백의 날개를 가진 여자였다. 그처럼 투명하고 아름다운 눈을 우리엘은 그때 처음 보았다.

그녀는 겁을 먹고 있었다. 심연이 아닌 신계에 있어야 할 그녀가 어째서 이곳에 있는 것인지 우리엘은 알 수 없었다.

하지만 그 눈을 본 순간, 우리엘은 즉시 사랑에 빠졌다. 거부하면 죽음이 기다리고 있을 뿐임을 아는데도.

「당신은…… 다른 마족들과 다르군요.」

우리엘의 정성을 그녀도 느꼈는지 조금씩 거리감이 줄어들었다.

그녀의 배는 조금씩 불러오고 있었다. 하지만 정작 누구의 씨인지 알 수가 없었다. 누구도 그녀를 챙기려 들지 않았고, 그저 아이를 낳는 그릇으로만 생각하고 있었던 탓이다.

그래서일까?

자신과 비슷한 처지에 놓인 그녀를, 우리엘은 더욱 정성껏 돌봤다.

그녀도 천천히 마음의 문을 열었다.

「당신은 소중한 존재예요.」

어느 날 그녀가 우리엘의 뺨을 쓰다듬으며 한 말이었다.

처음 겪는 상냥함이었다. 우리엘은 혼란스러웠다. 이러한 온기를 그는 살면서 단 한 번도 느껴본 적이 없었기 때문이다.

닫혀 있던 우리엘의 마음도 함께 열리기 시작했다.

이후 그녀는 우리엘에게 많은 것을 가르쳐 주었다. 세상엔 쓸모없는 게 존재하지 않는다는 것. 누군가를 사랑하는 법. 세상을 더욱 아름답게 바라보는 법 등을.

그럴수록 배는 점점 부풀어 올랐다.

만삭. 우리엘은 안절부절못했다.

태어날 아이가 어떤 꼴을 당할지 알고 있었다.

마족들은 그녀가 낳을 아이에게 주목하는 상황이었다. 반신족이란 특이한 그릇에서 무엇이 태어날지, 오로지 그것에만 초점이 맞춰져 있었다.

필시 도구처럼 여겨지다가 쓸모가 없으면 버려질 것이다.

하지만 우리엘은 움직이지 못했다. 그들의 악의에 저항할 힘 자체를 잃어버렸다. 태어날 때부터 각인된 짙은 패배주의에 항상 마음이 눌려 있었다.

그녀는 그런 우리엘도 사랑했다. 그녀는 모든 걸 사랑했다. 심연에서도 그녀는 빛을 잃지 않았다.

그러나 그와 반대로 그녀는 매일 약해져 갔다.

빛이 없는 심연은 반신족을 죽인다. 거기에 아이를 가졌으니 진즉에 죽었어도 이상할 게 없었다.

결국 아이는 예정된 시간보다 일찍 나왔다.

「이 아이는 사랑받을 자격이 있어요. 우리엘, 당신의 사랑으로 보듬어주세요.」

「우리엘, 제 이름은 '엘레나', 아홉 번째 발키리의 이름을 계승한 전사입니다. 부디 제 아이를 돌봐주세요. 아이의 훌륭한 아빠가 되어주세요.」

우리엘은 처음으로 그녀의 이름을 목 놓아 불렀다.

이윽고 분만이 시작됐다. 예정된 시간보다 너무 일러서 아이에게 문제가 생기지 않을까 걱정했지만 다행히 아이는 정상적으로 세상에 나왔다.

출산이 끝난 뒤, 엘레나는 아이를 안으며 힘겨운 미소를 흘렸다.

「라이라, 좋은 아빠를 가졌으니 너는 행복할 거란다.」

남자아이라면 율테르로, 여자아이라면 라이라로 이름을 지을 거라고 이야기한 바가 있었다.

라이라를 껴안은 그녀의 눈이 천천히 감겼다.

여태까지 버텨온 생명의 끈이 끊어져 버린 것이다. 오히려 지금껏 버틴 게 대단하다고 할 정도로 그녀는 쇠약해진 상태였다.

우리엘은 태어나서 처음으로 목 놓아 울었다. 엘레나와 라이라를 부둥켜안고 하염없이 울었다.

라이라를 본 혈족들의 반응은 보다 격렬했다.

「용마족과 반신족의 피를 이은 아이가 태어났다지?」

「심상치 않은 마력이다!」

「허어, 태어날 때부터 날카로운 '가시'를 가졌도다. 쓸모없는 우리엘과는 너무 다르군.」

새로운 후계자의 탄생.

모두가 주목하고 탄성을 내뱉었다.

하지만 머지않아 태양왕이 죽고 피의 숙청이 일어났다.

그는 오랜 시간 준비하고 있었다는 듯 모든 후계자를 죽이고 반대파를 태풍처럼 쓸어버렸다. 하지만 우리엘, 그만은 죽이지 않았다.

「그 쓸모없음이 너를 살렸다. 조금만 네가 유능했어도 다른 놈들과 같은 길을 걸었을 것이다.」

「너는 살아서 내 지침이 되어라. 너의 그 얼빠진 얼굴을 보며 나는 항상 경각심을 가질 것이고, 너의 그 무능함을 보며 나는 항상 스스로를 갈고닦을 것이다. 또한.」

「라이라를 내 반려로 맞이하겠다. 그 아이의 성장성이라면 능히 나의 반려가 될 자격이 있다. 너를 살린 또 하나의 이유이다.」

새롭게 태양왕의 자리에 즉위한 그는 모든 면에서 완벽한 존재였다.

기존의 절대로 죽을 것 같지 않았던 태양왕을 죽인 것도 그라는 소문이 파다했다.

당연히 우리엘에게 거부할 권한 따윈 없었다. 그저 벌레처럼 기어 다니며 살아남는 길을 택하는 것 외엔.

하지만 라이라가 눈에 밟힌다.

이대로 가만히 있으면 라이라의 운명은 정해진 것과 같았다. 태양왕의 반려? 말이 좋아 반려이지 그 실상은 그릇이다. 엘레나가 죽어간 것처럼. 단순히 핏줄을 남기기 위한 도구로 전락할 것이다.

사랑과는 거리가 멀다.

그래서 우리엘은 처음으로 '저항'했다.

거대한 성을 벗어나 라이라와 함께 탈출을 꾀했다.

「엘레나에게서 받은 사랑을 돌려주고 싶다.」

우리엘은 변했다. 엘레나의 사랑을 받고 변할 수 있었다.

라이라는 그녀가 남긴 마지막 증거다. 하지만 세상은 녹록하지 않았다. 성 바깥은 야생 자체였고 결코 우리엘에게 친절하지 않았다.

필사적이었다. 아이를 기르는 법 따윈 몰랐다. 하지만 자신처럼 키우고 싶지는 않았다. 적어도 심연에도 사랑이 있음을, 그런 종류의 감정이 존재함을 알려주고 싶었다.

표현하는 방법은 서툴렀으나 최선을 다했다.

그에 보답하듯 라이라는 다른 마족들과 다르게 성장했다. 누구보다 올곧은 눈을 가지게 되었다.

그리고 라이라가 어엿한 성인이 되었을 때.

「태양왕의 전언이시다. 라이라를 성으로 들여오라.」

태양왕의 그림자가 우리엘을 찾았다.

그는 잊지 않고 있었던 것이다. 약간의 유예를 주며 기다리고 있었을 뿐이었다. 라이라라는 과실이 무르익기를.

그의 영향에서 벗어나려면 데몬로드가 되어야 했다. 라이라를 지키려거든 위대한 별을 취해 스스로를 입증하는 방법밖엔 없었다.

「강해져야 한다.」

　그리하여 우리엘은 수없이 싸우고, 투쟁하며, 마침내 데몬 로드의 자리를 거머쥐게 되었다. 디아블로. 그 이름을 잇게 되었으니 최소한의 바탕은 마련한 셈이다.
　하지만 이후 그는 오랜 잠에 빠졌다. 100년. 다른 데몬로드가 깨어나서 활동을 시작할 때에도 그는 잠들어 있었다.

「나는 꿰뚫어 보는 자. 100년의 시간 동안 나의 수많은 미래를 보았노라.」

　심연에서의 패배.
　자신의 죽음.
　라이라의 죽음.
　모든 걸 볼 수 있었다.
　결국 우리엘은 바꾸지 못했다. 변하지 못했다.

「너의 절망 또한 보았노라.」

　그가 말을 걸었다.
　동시에 내 정신이 깨어났다.

놀라울 정도로 나는 그와 동화하고 있었다.

우리엘 디아블로. 그는 나를 인식하고 있었던 걸까? 내가 그를 죽이는 미래를 보고, 내가 돌아오는 것까지 알고 있었던 것일까.

「나는 미래를 바꿔보고자 하였으나 바꿀 수 없었다. 100년의 시간 동안 수많은 꿈을 꾸었고 똑같은 결말에 도달하였지. 단 하나의 결말에.」

그는 짙게 탄식했다.

「모든 방법을 동원했다. 그럼에도 라이라의 죽음만은 피해갈 수 없었다. 마치 정해진 운명처럼.」

숱하게 발악했지만 결말은 정해져 있었다.

그는 나와 닮았다. 나 역시도 세계의 멸망을 알고 있었지만 끝없이 발악하지 않았던가.

「하나 수많은 꿈 중 단 하나는 달랐다. 본래 인간들이 내게 닿는 건 불가능한 일이었다. 수천, 수만 번 반복해도 마찬가지였을 터. 그런데도 유일하게 너만이 내 심장에 검을 꽂을 수 있었다. 기적이 일어난 것이다.」

입을 열어 말을 걸고 싶었으나 움직일 수 없었다.
이곳은 그의 공간, 그의 기억 속.
그는 계속해서 말했다.

「너는 다를까? 무엇이 다른 걸까. 알 수 없다. 내가 볼 수
있었던 건 나의 죽음 이후 시간의 규칙이 깨어지고 모든 게
뒤바뀌어버린 세상의 단락뿐이었다. 그 이후는 나조차도 볼
수가 없었다.」

아아.
그제야 나는 눈앞의 우리엘 디아블로가 혼이나 정신이 아
닌 '기억'임을 깨달았다. 그 스스로에게 새겨 넣은 기억. 그
중에 내게 전하는 말이 있었던 것이었다.
하지만 그의 존재감은 압도적이었다. 죽어가는 눈조차도
나는 쉬이 쳐다볼 수 없었다.

「그러니 너에게 희망을 건다. 나의 피를 뒤집어쓴 순간 너
는 이미 과거의 나와 연결되었다. 나와 같이 수없이 절망하
고 또 좌절하겠으나, 결과는 오로지 오한성. 너만이 바꿀 수

있음을 알기에.」

　그리고 떠올랐다.
　과거 그의 심장에 검을 꽂자 그는 내게 말했다.
　앞으로는 절망할 일밖에 없을 것이라고.
　유일하게 살아남은 최후의 영웅.
　나를 비꼬는 말인 줄 알았지만, 아니었다.
　그는 이미 알고 있었던 것이다.
　그리고 지금 내게 그의 기억을 알려주는 건 그와 내가 떼어놓을 수 없는 사이가 되었다는 뜻이었다.
　나 역시도 라이라를, 멸망의 결과를 바꾸고 싶었으므로!

　「라이라를 지켜라. 세상을 바꿔라. 그것이 내가, 그리고 네가 바라는 일일 터이니.」

　세상이 아득해져 간다.
　우리엘 디아블로. 그가 내게 남긴 기억이 다시금 저편으로 사라지고 있었다.
　그리고 모든 게 암흑으로 돌아간 순간.

　[권능, '운명의 장난'을 깨우쳤습니다.]

[이는 모든 것의 가능성을 점칠 수 있는 '꿰뚫어 보는 자'만의 권한입니다.]

100년의 시간 동안 그가 얻은 권능은 '지배자' 하나가 아니었다.

운명의 장난!

그가 꾼 꿈은 모두 이 권능에 의해 발현된 것이었다.

이윽고 어두운 기억 속 공간이 무너지기 시작했다.

반사적으로 상체를 들어 올렸다.

식은땀이 전신을 적셨고 두 눈은 빠질 듯이 아팠다.

하지만 꿈속의 내용들은 하나도 빠짐없이 기억이 났다.

'우리엘 디아블로의 기억, 내가 이 몸에 들어오게 된 이유.'

꿈이었으나 꿈이 아니었다. 우리엘 디아블로가 심어놓은 기억이 특정한 조건을 만족하여 나타난 것이다.

그리고 여태껏 수많은 의아함을 낳았던 '전이'의 궁금증이 어느 정도 해결되었다.

하지만 내 입에선 절로 허! 소리가 나왔다.

우리엘 디아블로. 그는 수많은 꿈을 꾸었다고 했지만 결과적으로 미래를 예시한 것이다. 아니…… 단순한 예시에서 그치지 않았다. 그는 미래를 '선택'했다.

수많은 가능성, 그중 나에게 죽는 미래를 택하고 내가 과거로 돌아오거든 '전이'가 실행되게 만들었다. 북한산에서 황금청설모를 보고 갑작스럽게 전이가 되었지만, 아마도 '문'을 보는 게 열쇠였으리라.

'미래를 선택하고 그는 스스로 죽는 길을 택했다.'

과거의 우리엘도 알고 있었다는 뜻이다. 나에게 죽은 이후 일어날 단편적인 일들을. 오로지 나만이 살아남아 끝없이 좌절하며 마침내 돌아오게 된 것을 말이다.

젠장. 머릿속이 복잡했다. 만들다 만 음식을 억지로 입에 욱여넣은 기분이었다. 그러니까, 자기가 해서 안 됐으니 내게 모든 일을 떠넘긴 것이다.

'운명의 장난.'

새로이 얻은 권능의 이름.

그 이름처럼 운명의 장난이 따로 없었다.

어느 날 갑자기 우리엘의 정신이 깨어나지 않을까 하는 걱정은 덜 수 있었지만, 수없이 절망하고 좌절할 거라는 놈의 말이 왜인지 저주처럼 들렸다.

'하지만 내가 돌아온 이후의 상황은 놈도 예견할 수 없었다고 했지.'

과거 심연에서 우리엘 디아블로가 겪었던 일을, 그는 내게 일언반구도 하지 않았다. 조금의 조언조차도 없었다. 이미 모든 가능성을 점치고 '불가' 판정을 내려서일까.

아예 아무것도 없는 상태에서 새로운 길을 제시해 보라고?

잘났다. 그나마 '수많은 절망과 좌절'이 있으리란 사실을 알게 되어서 이걸 다행이라고 해야 할지, 불행이라고 해야 할지.

확실한 건, 대비해야 한다는 것.

나는 분명히 그와 다른 길을 걷는 중이었고 그와 다른 결과를 내리라고 자신한다.

'너처럼, 너와 달리 나는 포기하지 않을 것이다.'

우리엘 디아블로는 포기했다. 자신의 한계를 깨닫곤 내게 바톤을 넘겨 버렸다. 마음에 안 든다. 더불어 이 '동화율'이란 것도 결국 우리엘 디아블로가 해내지 못한 일들을 했을 때 올라갈 가능성이 높다는 걸 알게 되었다.

'멸제의 카르페디엠에게 선전포고를 한 것, 라이라의 마음을 알아준 것. 크게 동화율이 오른 건 이 두 가지였지.'

동화율이 크게 올랐을 때의 일들.

적어도 본래의 우리엘은 하지 못한 것들이었다.

하지만 여전히 머릿속은 복잡했다.

'그런데 라이라 디아블로가 혈연이 아니라고?'

하물며 반신족은 또 뭐란 말인가.

이야기를 머리가 따라갈 수가 없었다.

무엇보다 내가 했던 고민이 전부 쓸모없었음을 알려주는

대목이었다.

한마디로 우리엘은 그저 라이라를 지키고자 살아왔다는 것이다. 데몬로드가 된 것도 라이라를 지키기 위해서였다.

이 사실을 라이라는 알까?

나는 내심 고개를 저었다.

'라이라는 모를 가능성이 농후하다.'

약간의 짐작은 할 수 있겠지만, 자세한 정황까진 모를 터다.

이 기억은 우리엘의 내면 아주 깊숙한 곳에 봉인되어 있었던 것이니까.

마음이 한결 홀가분해졌다. 아무리 심연의 법도가 다르다고 할지라도 혈연의 결합은 조금의 저항감이 있었던 탓이다.

다만, 그렇다면 라이라의 출신 성분이 더욱 궁금해진다.

'반신족과 또 다른 용마족.'

우리엘과 같은, 어쩌면 더 뛰어난 용마족의 핏줄을 이었다는 뜻인데, 나는 그게 누구인지 알 것 같았다.

'전대의 태양왕.'

우리엘의 기억을 살피고 내린 결론이었다.

아니라면 현세의 태양왕이 그토록 라이라에게 집착할 리 없으므로.

아마도 우리엘 역시 어느 정도 짐작은 하고 있었을 것이다.

그리고 그것은 우리엘이 태양왕에게 진득한 적의를 가진

이유에 대한 설명이 된다. 어쩌면 그가 말하는 '절망과 좌절' 속에 태양왕이 속해 있을 가능성이 높았다.

'권능을 시험해 봐야겠군.'

운명의 장난. 모든 현상의 가능성을 보는 권능.

지배자와 심안 모두 뛰어나기 그지없는 힘이었다.

운명의 장난은 어떨 것인가.

우리엘의 기억을 더 심도 있게 살폈다고 해도 달라진 건 없었다.

힘을 쌓아야 한다. 그리하여 승리하여야만 한다.

대전제는 그대로였다. 그러나 약간의 경각심은 얻었다.

'네가 원해서 하는 게 아니다. 내가 원해서 하는 거다.'

아 다르고 어 다르다.

나는 결코 우리엘 디아블로의 대변자가 될 생각이 없었다.

그가 걷지 않은 길, 그가 가지 않으려고 한 길마저 나는 지체 없이 뚫고 나아가리라.

나를 선택한 걸 후회하게끔, 철저하고 처절하게 말이다.

운명의 장난은 '모든 것의 가능성'을 점칠 수 있는 권한이지만, 이 힘을 사용하려면 꽤 자세한 정보가 필요했다.

적어도 내가 보려는 것의 구조나 기본적인 이해가 동반되어야만 사용할 수 있으며 횟수에도 제한이 있었다.

'하루에 세 번.'

그리고 점치는 대상의 범위가 넓어질수록 불분명해지는 단점이 있었다. 대신 이지선다와 같이 최대한 범위를 줄이면 더욱 정확한 수치가 나왔다.

예컨대 이런 거다.

오늘 비가 오거나 안 올 확률.

[5:95]

오늘은 어지간해선 비가 안 온다는 것이다.

이런 식으로 몇 차례 확인한 결과 기상청보다는 훨씬 믿을 만하단 결과를 내릴 수 있었다.

다만, 기껏해야 삼 일 안팎의 미래 정도만을 판정하는 게 가능했다. 너무 먼 미래의 일 같은 경우는 아예 판독 자체가 되지 않았다.

우리엘 디아블로가 사용한 미래 예지와 미래 선택의 경우는 내 스스로가 권능을 진일보시켜야 가능할 듯싶었다.

그리고 그마저도 상당한 대가 없이는 불가능할 터다. 우리엘 디아블로는 100년의 시간 동안 잠들어 있으며 겨우 하나의 미래만을 선택할 수 있었으므로.

심안이나 지배자처럼, 분명히 뛰어난 권능이지만 만능은 아니란 소리였다.

그럼에도 잘만 활용한다면 엄청난 도움이 될 건 자명했다.

쿵!

그리고 며칠이 더 지나, 나는 굳게 닫힌 지하의 문을 열었다.

고독을 만들겠다며 괴물들을 몰아넣고 싸우게 만들었던 장소.

문을 열자마자 지독한 비린내가 났다. 코끝을 마비시킬 정도로 강렬했으며 그와 비견되는 악의마저도 묻어나고 있었다.

캬아아아아!

전신이 피로 물든 '악의'가 내게 달려들었다.

나는 손을 뻗어 '악의'의 목을 쥐었다. 그러자 저주의 기운이 내 몸을 타고 흘러들어 왔다.

하룻강아지 범 무서운 줄 모른다는 게 지금의 상황과 같았다. 수백의 괴물을 죽이고 살아남은 '고독'의 정체였다.

'놀랍군.'

하지만 충분히 놀라는 중이었다.

악의. 그야말로 저주로 똘똘 뭉친 존재로 거듭났다.

붉은 안광, 찢어진 입, 코가 있어야 할 자리엔 구멍만 나 있었으며 악마의 꼬리를 연상시키는 두 개의 꼬리가 계속해서 움직이며 나를 공격하려고 들었다.

이만한 공격성이라니.

자신의 목숨보다 상대의 목숨을 취하고자 만들어진 병기 그 자체였다.

게다가 더욱 놀라운 건, 지금 내 몸을 타고 흐르는 저주였다.

마치 전염병과 같았다.

분노를, 악의를 흩뿌리며 내가 조종되길 원하고 있었다.

'심안.'

이름: 분노의 악마(value-8,500)

종족: 이종악마

능력치:

힘 65a 민첩 66a 체력 57b

지능 20d 마력 50b

잠재력(258/305)

특이 사항:

-온갖 죽음과 고통을 겪으며 진화한 이종.

-오로지 공격성밖에 존재하지 않는 철저한 파괴자입니다.

스킬: 흑색 전염(5Lv)

진화의 힘으로 말미암아 악마가 탄생했다.

처음 보고 겪는 일.

[선과 악의 수치에 변화가 생겼습니다.]

[선49:악51]

본래는 선의 수치가 조금 더 높았으나 역전되었다.

아마도 내가 행한 행동이 이 수치에 영향을 준 듯싶었다.

결국 악마를 탄생하게 만들었으니, 악의 수치가 높아지는 것도 당연했다.

'너무 성급했다.'

라이라의 말로 말미암아 깨달음을 얻기 바로 전에 행한 일이었다.

강력한 고독을 만들어서 번식을 시키려고 했다.

하지만 이 분노와 악의로 똘똘 뭉친 악마를 번식시키는 건 불가능하다. 보는 즉시 알았다. 이놈이야말로 진정한 괴물임을.

"내가 너를 만들었다. 그러니 너의 분노와 악의는 온전히 내게만 부딪쳐야 할 것이다."

내가 만든 괴물이다.

그러나 필요 없다고 하여서 포기하진 않을 것이다.

오히려 내 힘은 '필요 없는' 것을 '필요 있게' 바꾸는 데 적합했다.

이 녀석의 분노와 악의를, 승화시켜 보이겠다.

이는 내가 나 자신에게 내린 숙제였다. 이 정도도 하지 못하면 무엇을 바꿀 수 있겠나.

캬아아아아악!

놈을 놓아주기 무섭게 다시금 달려들었다.

나는 그저 맨몸으로 녀석의 분노를, 악의를 받아들였다.

그러나 그러한 감정들은 나를 오염시킬 수 없었다.

우리엘 디아블로의 신체라서가 아니다. 내 정신은 한 단계 더욱 성숙해지고 단단해져 있었다. 내 안에 자리 잡고 있었던 분노는 사라졌으며, 그 대신 한층 더 성숙해진 여유와 관용이 그 자리를 대신하고 있었다.

라이라 디아블로. 그녀가 내게 그러한 감정도 있음을 깨닫게 해줬다.

불가능한 게 아니라고 말해줬다.

그러니, 너도 같다.

내가 만든 만큼 내 손으로 해결할 것이다.

[선과 악의 수치에 변화가 생겼습니다.]

[선50:악50]

[선과 악의 수치에 변화가 생겼습니다.]

[선51:악49]

우리엘 디아블로.

놈이 하지 못했던 것.

데몬로드라는 틀에 얽매여 오로지 악으로만 갈 거라는 편견을 내가 깨뜨려주마. 심연에서 피어나는 게 어둠만 있는 게 아니라는 걸 알게 해주겠다.

물론 나는 완벽한 선, 완벽한 악이란 건 없다고 믿는 주의다. 그저 내가 믿고 싶고 하고 싶은 대로 행할 뿐이었다.

나는 분노와 악의를 데리고 문 안으로 들어갔다.

문을 걸어 잠그고 녀석의 모든 감정을 받아들였다.

그렇게 얼마나 시간이 지났을까.

그아아아!

놈은 울부짖었다.

결국 모든 감정을 내쏟고 텅텅 비어버린 것이다.

그러한 자신의 상태에 당황하며 어쩔 줄 몰라 하고 있었다.

"너는 배워야 할 게 많다. 내가 가르쳐 주마."

녀석을 끌어안았다.

그제야 나는 조금, 우리엘과 반신족 엘레나의 마음을 알 것 같았다.

엘레나. 그저 기억으로만 보았으나 그녀는 천하의 우리엘 마저 바꿔놓지 않았던가.

['분노와 악의'가 한계점을 돌파했습니다.]
[진화를 시작합니다.]

녀석의 몸에서 빛이 흘러나왔다.
분노와 악의가 씻겨 내려가고 있었다.
나는 가볍게 미소를 지었다.
변하지 않는 건 없다.

더욱 치열하게, 더욱 단단하게.
나는 쉬지 않았다. 자그마한 여유가 생긴 즉시 전이하여 다시금 유서희의 심상세계로 들어온 것이다.
"모든 인간에겐 틈이 있다. 한데 너는 그것을 어떻게 극복한 것이냐?"
반쪽짜리 천사는 내가 예전과 달라졌음을 보는 즉시 알았다.
그래서 경악하는 중이었다.

"틈은 없었다. 내가 만든 허상이었을 뿐."

"있을 수 없는 일이다. 한낱 인간이 스스로의 정신을 완벽하게 정의한다는 건 있을 수 없는 일이야!"

나는 궁금했다.

천사라는 작자가 어찌하여 인간의 틈을 비집고 들어오려는 건지.

놈은 천사일까, 아니면 악마일까?

[50:50]

운명의 장난은 정확한 가능성을 내게 알려주었다.

놈은 천사도, 악마도 아니라고.

"허상. 실체 없는 가짜. 너는 몽마(夢魔)로구나."

지금에서야 나는 알 수 있었다.

몽마. 마음의 틈을 비집고 들어와 악몽을 꾸게 만드는 존재.

본래라면 이만한 존재감을 떨치는 건 불가능하나, 유서희라는 상상을 초월하는 매개체를 만나 어느 정도 '진짜의 힘'을 얻었다.

아마도 몽마는 유서희를 두렵게 만들고 상상력을 자극해 자신의 존재를 갖춰갔을 것이다.

그래서 반쪽의 천사다.

그래서 이름이 없었다.

아직 완성되지 않았기에.

하지만 나는 후에 완성될 저 몽마의 이름을 알고 있었다.

'아르켄.'

검신 아르켄!

유서희의 정신을 온전하게 장악한 몽마가 자신에게 붙인 이름이었다.

놈은 이름을 얻고, 힘을 기른 뒤, 홀연히 모습을 감췄다. 어쩌면 진짜 천사로 거듭나기 위해 길을 떠난 것일 수도 있겠지만, 그래 봤자 가짜다.

나는 한 발자국 놈에게로 다가갔다.

그러자 반쪽의 천사가 뒷걸음질을 쳤다.

"어찌, 어찌…… 인간 따위가 나를 꿰뚫어 볼 수 있단 말이냐!"

그것은 내가 꿰뚫어 보는 자이기 때문이다.

그 원리를 깨달았으니 진짜와 가짜를 구분하는 건 지극히 간단한 일이었다.

그러니 사라져라.

가짜, 허구의 존재여.

"하지만 달라지는 건 없다! 이 세계에서 나의 영향력은 절대적인 바!!"

몽마가 몸을 키웠다. 순식간에 세계를 뒤덮을 정도로 커다랗게 변했다.

몽마는 오랜 시간 유서희의 정신에 침투해 있었다. 아직 성숙하지 못한 소녀의 정신을 헤집으며 나약하게 만들고 대신 그 힘을 자신이 취했던 것이다.

이제 막 입구에 들어온 나와는 분명히 체격이 다를 수밖에 없었다.

하지만 결국 몽마는 몽마다. 꿈속에 기생하는 기생충과 같은 놈.

나는 말했다.

"꿈은 깨어지기 위해 존재하는 것이다."

인간은 수많은 꿈을 끌어안고 살아간다. 그리고 하나씩 깨닫고 깨어질 때마다 성장하며 더 앞으로 나아가게 된다.

하지만 하나가 깨어지면 두 개가 나타나는 게 또 꿈이란 존재였다. 우리는 평생 꿈을 안고 살아가고, 덕분에 안주하지 않으며 강해질 수 있는 것이다.

그것이 오로지 인간에게 주어진 '변화의 자유'였다. 가능성의 총아. 우리엘 디아블로조차도 할 수 없었던 진정한 변화의 방아쇠를 인간은 살아가며 수없이 당긴다.

유서희에게도 이 역시 하나의 꿈에 불과했다.

'틈이 있다면 채우면 그만.'

내 주변으로 바람이 불었다.

선선한 바람은 순식간에 이 어두운 공간을 흐르며 모든 '틈'을 연결하는 촉매가 되었다.

흐르고 나아가며 그저 벌어졌던 틈이 '입구와 출구'로 나뉘었다.

그러자 어둡기 그지없는 공간의 중심에서 무릎을 부둥켜 안고 울고 있던 유서희의 정신이, 바람이 산들 불어오자 고개를 들어 주변을 살피기 시작했다.

"내 바람이 길을 안내해 줄 것이다. 틈의 너머를 두려워 마라. 바람을 따라 그 건너편에 도달하게 되거든 너를 억누르던 고통과 공포가 사실은 별게 아니었음을 깨닫게 될 것이다."

"그만! 그마아아안!!"

몽마가 괴로워했다.

바람은 결코 강하게 불어오지 않았다.

선선하게. 천천히.

그저 유서희의 뺨을 간질이는 정도였다.

하지만 바람은 위치를 알려주었다. 아무것도 없고 그저 어두웠던 이 장소에 사실은 출구가 있었음을, 문이 있었음을 알려주는 촉매였다.

유서희는 천천히 무릎을 펴고 바람이 부는 방향으로 걷기 시작했다.

그러자 몽마의 크기가 급속도로 작아졌다.

나는 놈을 보며 작게 웃었다.

"아이는 어른보다 더욱 쉽게 변화한다. 궁금증이 많고 문을 여는 데에도 주저함이 없지."

유서희가 틈으로 발을 디뎠다.

이어 틈을 넘어가자 세상이 반전되었다.

순식간에 빛이 떠오르고 주변의 환경이 변화했다.

놀이공원, 동물원의 사자들, 그 외의 '밝은 기억'들이 주변을 수놓았다.

유서희의 기억이자 상상력이다.

틈이자 문.

그 건너편에 무엇이 있을지 상상하며 발을 디뎌 어둠을 몰아낼 수 있었다.

아이의 상상력이란 이렇게나 강력하고 무섭다.

"아르켄. 너는 과거의 망령이다."

손을 저었다.

후우우우우우웅!

"어찌 한낱 인간 따위가! 어찌이이이이!!"

그러자 거친 바람이 불어와 몽마를 세상 바깥으로 추방시켰다.

이어 나는 아래를 내려다보았다.

이곳엔 수많은 유서희가 있었고, 그중 하나가 내 바짓단을 붙들며 멍하니 나를 올려다보고 있었던 것이다.

또한 소녀는 내가 만들어 준 사자 모양의 장신구를 꼭 쥐고 있었다.

아마도 이 유서희는 가장 최근의 기억인 듯싶었다.

나는 그런 유서희를 양손으로 번쩍 들어 올렸다.

그러곤 주변을 둘러봤다.

"같이 놀고 싶다고? 그래, 놀아보자. 네가 만든 세상은 나도 꽤 흥미가 있으니."

아이의 상상력은 무한하다.

유서희가 새롭게 만든 마음속 세상은 판타지가 따로 없었다.

공룡과 로봇, 거대한 인형들, 하늘 위의 땅, 세 개의 태양!

꿈은 깨지고, 그 자리를 새로운 꿈이 채운다.

달이 지면 태양이 뜨는 것처럼.

나는 소녀와 함께 소녀의 꿈을 노닐었다.

시간이 되는 족족 나는 유서희의 꿈속에 들어갔다. 오랫동안 변화가 없었던 세계였기 때문에 나라는 존재 자체가 자극으로 다가왔기 때문이다.

그럴수록 현실에서의 유서희 역시 조금씩 치유가 되어갔다.

비록 큰 변화는 보이지 않았지만, 작은 반응 하나하나에 약간의 '감정'이 묻어나기 시작한 것이다.

"시, 신령님. 모, 모셔왔습니다."

그리고 일주일가량이 지나자 김씨네 삼 형제가 병원에 모습을 드러냈다.

하지만 그들만 온 건 아니다.

"당신이야?"

40대 초반쯤 되었을까.

정장을 입은 여자가 대뜸 나를 향해 삿대질을 했다.

그 옆에는 앞머리를 모두 올린, 흰 머리카락이 드문드문 난 남자가 한숨을 내쉬며 여자를 바라보고 있었다.

"당신이 이 사람들을 나한테 보냈어? 내가 그렇게 한가한 사람으로 보여?"

"여보, 그만하시오. 서희 때문에 먼 타국까지 온 사람들인데."

"당신은 조용해요. 병원에 그렇게 신신당부를 해놨는데 아직까지도 우리 서희 주변을 서성거렸다는 말이잖아요? 아이한테 안 좋은 영향을 끼칠 게 분명해요!"

이 사람들이 유서희의 부모였다.

나는 김씨 삼 형제를 사업차 미국에 있는 그들에게로 보냈고, 한국에 귀환시키는 데 성공한 것이다.

그들은 잘나가는 대기업의 CEO들이었으니 어지간한 메일 하나로는 움직이지 않을 거라 판단해서 나름 수를 낸 것이었다.

"서희 어머님, 진정하십시오."

"당신이라면 진정하게 생겼어?"

"환자 병실 앞입니다."

무엇보다 이곳은 유서희가 머무는 병실의 바로 앞이었다.

이로 인해 남자는 모르겠지만, 여자의 성격이 꽤 드세다는 것만은 확실히 알 수 있었다.

"김 선생은 어디 가고 웬 처음 보는 의사가 있는 것도 이상해. 내가 안 본다고, 서희가 말도 못 한다고 이따위로 나온다 이거지?"

"여보, 사정이 있으니 사람을 보내서까지 우리를 찾아온 것 아니겠소? 일단 이야기를 들어봅시다."

"당신이란 사람은 항상! 왜 그렇게 우유부단한 거예요?"

"우유부단이 아니라 합리적으로 판단한 것이오. 우리보다 서희의 상태를 더 잘 알고 있는 게 병원일 테니."

언성이 높아졌다.

둘의 사이가 그다지 좋아 보이지 않았다.

'예상대로군.'

유서희의 기억은 항상 오래된 과거뿐이었다.

그 속에서조차 부모의 사이는 매우 좋지 않았다. 싸우거나 이처럼 언성을 높이기 일쑤. 이처럼 함께 모이는 일은 거의 없어졌고, 유서희는 어중간한 위치에서 병원에 남겨졌다.

마음의 병이 더 쉽게 곪기 좋은 환경이 된 것이다.

만약 이 둘이 조금만 더 유서희의 곁에 있으며 이해하려고 했다면 몽마가 그처럼 싹을 피우진 못했으리라.

"서희가 병을 얻은 것도 당신이 제대로 돌보지 못해서 아니요?"

"그게 왜 저만의 탓인가요? 당신은 전혀 잘못이 없다고 말하는군요!"

"매번 그렇게 언성을 높이니까……."

끼이이익.

끝나지 않는 논쟁.

그 사이에서 조용히 문이 열렸다.

동시에 여자와 남자 모두 고개를 돌렸다.

문이 열리고, 그 건너편엔 유서희가 있었다.

중학생의 여린 아이는 부부에게 다가갔다.

그 모습을 본 순간, 부부는 말을 잊고 그저 눈을 더없이 크게 뜰 뿐이었다.

유서희가 자의로 일어선 것이다.

누군가의 보조 없이는 밥조차 못 먹던 아이가!

하물며…….

"싸우지…… 마세요."

청량한 목소리가 복도에 퍼졌다.

그 이상으로 두 부부에게 이 상황은 충격 그 자체였다.

"어, 어떻게?"

"말을…… 말을 할 수 있게 된 거니?"

유서희가 고개를 끄덕였다.

그러곤 천천히 나를 돌아봤다.

어제까지만 해도 이만한 변화를 보이진 않았다.

역시, 부모의 목소리와 기척이 또 다른 '열쇠'로 작용한 것일 테다.

나는 작게 웃었다. 그러자 유서희도 웃어 보였다.

소녀에게 깃들었던 자그마한 어둠도 걷혔다.

동시에.

['관리자'의 권한으로 '균열의 조각'을 회수했습니다.]

[잠재 능력치 '3'을 획득했습니다.]

잠재 능력치!

내 마음대로 원하는 능력치를 올릴 수 있게 해주는 권한
이다.

예전 김혜윤을 치료하며 하나를 얻었지만, 그보다 훨씬 큰
어둠을 지녔던 유서희를 치료하자 그 세 배에 달하는 양을
얻을 수 있었다.

도합 4.

착실하게, 우리엘 디아블로가 절망한 미래와는 다른 미래
가 준비되어 가고 있었다.

한동안 부부는 한국에 체류하며 유서희와 함께하는 시간
을 가졌다. 유서희 역시 적극적으로 나서며 이전과 달리 서
로의 관계를 회복하고자 노력했다.

단번에 파탄 직전까지 몰렸던 관계가 바로 회복되진 않았
지만 약간의 진척은 있었다. 유서희는 과거의 웃음을 되찾
았다.

그리고.

"저를 가르쳐 주세요."

가운을 벗고, 떠나갈 준비를 하던 내게 유서희가 찾아왔다.

소녀는 이제 아르켄이 아니다. 유서희 본인으로서 스스로
의 삶을 살 준비가 되어 있었다. 그래서 나도 미련 없이 떠나
려고 했건만, 갑작스럽게 나를 찾아와 이처럼 말한 것이다.

"가르쳐 달라니?"

"다 기억나요. 선생님이 평범한 의사 선생님이 아닌 것도 알아요."

다 기억난다는 것의 범위가 정말로 '모두'인 건지.

유서희는 내가 만들어 준 사자 장신구를 목걸이로 만들어 착용하고 있었다. 그것을 만지작거리며 결심했다는 듯이 나를 바라봤다.

"하지만 저는 저를 잘 몰라요. 단지, 어둠 속에서 많은 것을 봤어요. 모두 끔찍한 것이었죠. 세상이, 수많은 사람이 비명을 내지르는 장면을."

"꿈이니 무시하면 될 텐데?"

"꿈이 아니에요. 그곳은 더없이 어둡고, 음습한 장소였어요. 악마들이 문을 열고 세상을 공격했죠. 물론 믿어주시지 않는다면 어쩔 수 없지만요."

나도 조금은 놀랐다.

유서희가 본 건 '심연'이다.

본능적으로 악마의 존재들을 깨닫고 각성한 건가?

자연 각성이 없는 건 아니었다. 몇천만, 몇억분의 일로 분명히 존재하긴 했다. 그리고 자연 각성한 영웅들은 누구보다 강한 힘을 선보이며 선두 주자의 자리에 앉았다.

유서희는 살짝 의기소침한 모습이었다.

하여, 나도 입을 열었다.

"믿는다."

"믿어주시는 거예요?"

"그런데도 가르쳐 달라? 무섭지 않은 건가?"

의사의 가면을 벗었다. 원래의 모습으로 말했음에도 유서희는 전혀 두려워하거나 어색한 기색을 보이지 않았다.

어쩌면 내 본래의 모습 역시도 유서희는 본 게 아니었을까?

유서희는 고개를 내저었다.

"무섭지 않아요. 하지만 지켜만 봐서도 안 될 것 같아요. 제겐 분명히 사람들을 구할 수 있는 힘이 있어요. 그것을 가르쳐 줄 수 있는 건 선생님뿐이에요."

내 힘을 본능적으로 깨닫고 자신에게 가능성이 있는 것조차도 알고 있었다.

하물며 그 가능성을 사람을 구하는 데 사용하겠다니.

'천생 영웅이로군.'

하늘로부터 빛을 받고 태어난 게 분명했다.

이만한 빛이 있었기에 고작 몽마 따위가 반쪽의 천사 흉내를 낼 수 있었던 것이겠지. 나 역시도 눈이 부실 정도의 강렬한 빛이 소녀, 유서희에겐 있었다.

하지만 약간 주저가 되는 것도 사실이었다.

내가 검신을 가르친다?

인류 최강, 검 한 자루로 정상에 우뚝 섰던 자를?

"끝까지 책임져 주실 거죠?"

그러더니 새침한 표정을 짓는다.

원래의 성격은 굉장히 밝았던 게 분명하다.

누가 이 아이를 검신 아르켄이라고 생각하겠는가.

나는 피식 웃으며 이마를 짚었다.

나찰산 33계층.

무한한 계단으로 이어진 허공의 공간에 그가 있었다.

김민식. 아포칼립스 길드의 마스터이자 세계의 변화의 중심에 선 그가!

'조금만 더. 조금만 더⋯⋯.'

무작정 계단을 오른다. 벌써 몇 개를 올랐는지 모르겠다.

자신의 한계는 진즉에 넘어섰다. 정신이 아득하고 입에선 단내가 줄줄 흘렀다.

가장 최근까지 시리아가 맹추격을 했지만, 지금은 그녀도 보이지 않았다.

민식은 계단을 올랐다.

꾸역꾸역.

이 시련을 이겨내고 반드시 얻어야 할 게 있었다.

'머지않아 세계 곳곳에 싱크홀이 열린다. 세계가 경합하는 장. 그곳에서 승리하려면 길드의 힘만으로는 안 된다.'

자신 스스로가 강해야 한다. 길드의 도움만으로는 그곳에서 온전한 승리를 장담할 수 없었다.

그래서 이번 시련이 중요했다.

한계를 넘어 원하는 보상을 얻으면 그 '경합의 장'에서도 여유 있게 승리를 점칠 수 있을 것이다.

몇 날 며칠, 얼마나 오래 걸었을까.

다리가 퉁퉁 붓고 피멍이 가득 차도 민식은 멈추지 않았다.

[350,000개의 계단을 올랐습니다.]

[3배의 한계를 돌파한 보상으로 '팔라딘의 망토'를 획득할 수 있습니다.]

아아!

민식은 힘겹게 미소 지으며 자리에 쓰러졌다.

목표를 이루자 전신에 힘이 쭉 빠져나갔다.

한계의 3배. 이 이상을 과거에도 올라가 본 자가 없었다.

솔직히 더는 걷는 게 불가능했다. 전신이 말을 듣지 않았다.

여기가 한계다. 이 이상으로 올라가는 사람이 있을 리 만무했다.

'오롯이 나만이, 나만의 기록을 세운다.'

부르르 몸이 떨렸다.

이 기록을 깨뜨릴 자는 이제 나오지 않을 것이다. 스스로의 한계보다 3배 이상을 꿰뚫는 사람이 또 존재할 리 없으므로.

설혹 깨더라도 팔라딘의 망토를 이미 자신이 얻었다. 보상은 중복되지 않으니 나찰산 33층에서 얻을 수 있는 최상의 보상은 자신의 것이 된 것이다.

민식은 눈을 감았다.

원하는 보상을 쟁취했으니.

'승리는 나의 것이다.'

과거의 검신을, 최강의 인간을 최후의 인간이 가르친다.

어떻게?

물론 혹자는 마지막까지 살아남은 자가 진짜 강자라고 할 수도 있겠지만 단순한 기술적인 면에서조차 나는 밀렸다. 인정한다.

'그래도 지금이라면.'

나는 과거의 경험을 가지고 돌아왔다. 나찰산과 나찰각

에 도달하며 나는 그 힘을 더욱 정교하게 사용할 줄 알게 되었다.

지금이라면, 지금의 나라면 가능할지도 모른다.

'일단 기본부터.'

유서희는 간절하게 바랐다. 힘을 얻어 심연으로부터 사람들을 지키기를 바라고 있었다. 자연 각성하여 외부의 위협을 본능적으로 느끼고 있는 것이다.

적어도 위기 감지 능력은 상상을 초월한다고 할 수 있다.

하지만 과연 과거와 같은 천재성을 보여줄 것인가?

"지금 너는 체력이 매우 약하다. 최소한의 체력을 기를 필요가 있다."

너무 오랫동안 침대에 누워 있었다.

검을 드는 것마저도 무리가 갈 터였다.

올바른 운동법과 함께 기초 체력을 기르길 권했고, 놀랍게도 유서희는 고작 7일 만에 일반 남성의 수준에 이르는 체력을 갖추게 되었다.

상식적으로 말이 안 되는 일이다. 단순한 운동으로 능력치를 이처럼 가파르게 올리다니.

'이게 자연 각성자의 힘이란 말인가?'

하지만 이제 시작이다.

나는 즉시 목검을 쥐여주었다. 삼재검법과 삼재심법으로

기초를 다진 뒤 걸맞은 무공을 알려줄 셈이었다.

나는 오백 가지가 넘는 무공을 머릿속에 담고 있었다. 나찰각의 서재에서 읽고, 쓰며, 필사적으로 익힌 것이다. 그러한 무공의 지식들은 내가 검을 다루는 데 큰 도움을 주고 있었다.

"선생님. 그냥 찌르고, 베고, 찌르면 되는 거죠?"

"삼재검법의 묘는 느림에 있다. 삼재심법과 함께 운용하려면 상당한 집중력을 필요로 하지."

"한번 해볼게요."

내가 시범을 보이자 유서희가 목검을 휘둘렀다.

쥐는 법도 서툴러서 어느 세월에 익히나 싶었지만, 기우임에 불과했다는 게 고작 하루 만에 증명되었다.

유서희의 집중력은 그야말로 '상상초월'이었다.

한번 집중하면 옆에서 소리를 질러도 몰랐다.

처음에는 엉망이었으나 고작 하루 만에 자세가 잡혔다.

뿐만인가?

삼재검법의 묘리를 펼치며 심법도 같이 운용하고 있었다.

그리고 다시 7일이 흐르자 유서희는 삼재검법과 심법을 대성(大成)했다.

'미친.'

절로 욕지기가 나가려는 걸 참았다.

느리고, 한없이 느렸다.

그 속에서 자신을 관조하며 본연의 기운을 전신에 돌린다.

재능이었다.

하늘이 내린, 천재가 눈앞에 있었다.

"이제 조금 알 것 같아요. 굉장히 심오하네요?"

"심오의 뜻이 뭔지 아는 건가?"

"음, 깊다는 거 아닌가요?"

틀린 말은 아니었다.

이쯤 하여 유서희의 부모가 다시금 나를 찾아왔지만, 유서희는 필사의 각오로 그들을 말리며 끝내 허락을 받아냈다.

나는 그 시간 동안 잠시 머리를 식히며 다음으로 가르칠 것을 구상하기 시작했다.

'무엇을 가르쳐야 좋을까.'

무엇을 가르쳐도 기본은 할 거다.

그게 무서운 것이다. 끝을 모르고 빨아들이는 스펀지에 언제 내가 바닥을 보일지 모르니까.

그러나 나도 오기가 생겼다.

쉽게 포기하지 않는 근성 하면 나다. 유서희가 빨아들이는 만큼 나도 계속 익혀 나가면 된다.

내가 이루려는 목표는 인류 최강 정도가 아니다. 모든 데 몬로드를, 그들의 왕을, 위대한 별을 깨부술 존재가 될 생각이었다.

고작 과거 인류 최강 정도에게 밀릴 순 없는 노릇 아니겠나.

암령은 하나밖에 없으니 태을무극심법이나 탈혼무정검을 가르칠 순 없고, 그 대신 떠오른 게 있었다.

'바람의 검. 풍천도(風天刀).'

그리고 풍천심법.

지극히 익히기 까다로운 무공이지만 유서희는 바람과 친화력이 높았다. 아마도 유서희가 가진 마음의 틈을 내 바람으로 가득 채워 넣었기 때문일 것이었다.

바람을 다루고, 종국에는 바람의 신이 되고자 만들어진 무공.

자연을 다루는 기술은 하나같이 익히기가 어렵다. 그래서 야차들 중에서도 풍천도와 풍천심법을 익힌 야차는 없었다.

과연 유서희가 이마저도 대성할 수 있을지 궁금했다.

"오늘부터 너는 바람을 다루는 법을 익힐 것이다."

"아! 선생님 주변에 있는 바람들과 같은 건가요?"

"내 주변의 바람?"

"네. 선생님 주변에는 참 기분 좋은 바람이 불어요. 히히, 옆에 있으면 막 편안해져요."

유서희가 천진난만하게 웃었다.

그야말로 순백의 미소였다.

유서희를 가르치는 일은 내게도 꽤 도움이 되었다. 가끔씩 보이는 유서희의 천재적인 발상, 혹은 방식은 내 사고를 뒤흔들기에 충분했던 것이다.

아예 새로운 시각에서 접근하게 되었으니 누가 누구를 가르치고 있는 건지 나중에는 헷갈릴 지경이었다.

그리고 나는 유서희가 다룰 도를 한 자루 만들기 시작했다.

목검으로 연습을 하는 단계가 벌써 막바지에 이른 탓이다.

내가 입을 갑옷 또한 함께 만들었다.

'앞으로 한 달 반.'

싱크홀이 열리기까지 한 달하고 절반.

그 안에서 있을 모든 가능성을 배제하고 승리하기 위하여, 나는 도심 속에 웅크린 채 철저히 준비하는 중이었다.

분노와 악의는 진화했다.

전혀 다른 형태로.

비록 여전히 어두운 기운을 품고 있었으나, 그 어둠은 더욱 품격이 있었으며 고아했다.

'쉐도우 나이트.'

이름: 쉐도우 나이트(value-25,500)

종족: 쉐도우

능력치:

　　힘 66a 민첩 66a 체력 66a

　　지능 45b 마력 55b

　　잠재력 (298/380)

특이 사항:

　-어둠에서 새롭게 태어난 기사입니다.

　-한없이 어두운 그림자는 모든 것을 빨아 당기고 자신의 색으로 물들입니다.

　-유일종이며 또한 모체(母體)입니다.

스킬: 포식(6Lv), 복제(6Lv)

　처음 보는 종류의 이름이었다. 다크나이트, 데스나이트는 꽤 봤지만 쉐도우 나이트라?

　나를 향해 모든 분노와 악의를 뱉어내고, 다시금 모든 걸 받아들이는 어둠으로 승화한 것이다.

　'포식과 복제.'

　능력치는 마냥 높다고 할 수 없으나 두 가지 스킬이 말 그대로 '심오'했다.

　쉐도우 나이트는 자신의 그림자를 이용해 생물을 포식하

고 그 존재를 또 다른 그림자로 복제시킬 수 있었다.

　이게 무슨 말이냐면, 무한한 증식이 가능하다는 뜻이다.

　'다른 그림자를 포식해 무수히 많은 쉐도우 나이트를 만든다.'

　복수와 악의는 잃었지만, 고독으로서 만들어진 그 역할은 분명히 유지하고 있었다. 상대를 잡아먹고 그림자만을 뺏어와 자신의 색으로 물들이는 것이다.

　방랑하는 오크 등을 사냥하며 몇 가지 실험을 해본 뒤 꽤 만족스러운 결과를 얻을 수 있었다.

　'복제는 하되 완전히 똑같지는 않군.'

　모든 그림자가 다 쉐도우 나이트로 복제되진 않았다. 다만, 50마리가량의 오크를 먹어치우자 쉐도우 나이트가 한 기 더 생성되었다.

이름: 쉐도우 나이트

종족: 쉐도우

능력치:

　　힘 66a 민첩 66a 체력 66a

　　지능 45b 마력 55b

　　잠재력 (298/298)

특이 사항:

-복제된 쉐도우 나이트입니다.

-모체가 소멸하면 사라집니다.

능력치는 같았다.

다만, 잠재력이 능력치와 같은 수준으로 고정되어 있었고 스킬이 없다는 점은 달랐다.

'잘만 하면 획기적으로 군사력을 늘릴 수 있겠어.'

오크 50마리를 구매하는 것보다 쉐도우 나이트 하나를 늘리는 게 훨씬 경제적이었다.

하물며 포인트 들일 일 없이 떠돌이 괴물이나 군락 등을 공격하면 자연스럽게 강한 병사 하나가 추가되는 것이다.

물론 완벽하진 않다.

오로지 모체만 포식과 복제가 가능하며, 그 모체가 죽으면 다른 복제된 쉐도우 나이트 모두가 사라질 수도 있는 위험이 있었다.

모체 하나만 복제가 가능하다 보니 숫자를 늘리는 데에도 한계가 있겠지만 그러한 것들은 단점조차 되지 않았다.

'하루에 늘릴 수 있는 숫자는 최대 5기.'

하루에 3기~5기 정도만 늘어나도 30일이면 최소 100기가 넘는다. 6Lv을 웃도는 괴물이 공짜로 한 달에 100마리씩 늘어나는 셈이다.

이 얼마나 환상적인 효율이란 말인가.

"라이라."

"부르셨나요?"

라이라가 천장에서 불쑥 뛰어나왔다.

나조차도 거의 기척을 느끼지 못했다.

"숨어 있는 기술이 나날이 느는군."

"구화랑에게 배운 은신법입니다."

"……그래서, 거기서 뭘 하고 있었지?"

"그저 바라보고 있었답니다."

라이라는 그날 이후 더 당당해졌다.

몰래 숨어서 지켜보고 있었다는 말을 저처럼 당당하게 할 줄은 몰랐지만, 더 밝고 더 자주 웃게 되었다.

"지켜보고 있었다면 알겠지. 쉐도우 나이트를 늘릴 것이다. 그러려면 쉐도우 나이트가 더 많은 그림자를 포식하도록 만들어야 한다."

"최대한 은밀하게 말이죠?"

"알려져 봤자 좋을 게 없다."

쉐도우 나이트가 복제가 가능하다는 사실과 약점이 밝혀지면 겨우 얻은 기회가 허공에 그대로 증발할 수도 있었다.

라이라가 싱긋 웃어 보였다.

"제가 할 일이 생겼군요. 마침 좋은 장소들을 알고 있어요."

"맡기지."

"후후, 그럼 보상으로…….."

"보상이 필요한가?"

"대련을 해주실 수 있나요? 물론 전력으로."

라이라가 도전적인 눈빛으로 나를 바라봤다.

그녀는 더 이상 초조해하지도, 억지를 부리지도 않았다.

자신이 해야 할 일을 정확히 인지하고 노력하는 중이었다.

라이라 역시도 나날이 강해져 갔다. 단순한 재능으로만 따지자면 라이라는 유서희와 필적하거나 일부분은 그보다 뛰어난 면이 있었다.

솔직히 궁금하긴 했다.

'라이라와 유서희. 누가 더 천재인가.'

한동안 정체되어 있었지만, 그날 이후 하루가 다르게 무력의 증진이 이뤄지고 있었다.

둘 다 하나를 보면 열을 깨닫는 부류다. 라이라는 반신족과 용마족의 피를 이어 그 성장성이 무궁무진했고, 유서희는 본연의 존재를 자각해 어디까지 성장할지 나조차도 가늠할 수 없었다.

"그러지."

설마 진짜 전력으로 부딪치겠나.

그냥 해보는 소리일 것이다.

고개를 끄덕이기 무섭게 라이라가 사라졌다.

나는 방 안에서 조용히 주먹을 쥐어 보였다.

현대에서도, 심연에서도.

앞으로 한창 바빠질 것이다.

시간은 유수처럼 흐른다.

태양이 지고, 달이 뜨고, 다시 태양이 떠오르는 일이 수
십 번 반복되고 그에 맞춰 세상도 발 빠르게 변해가는 중이
었다.

각성자들은 서서히 세상과 융화되어갔다.

각성자를 다루는 TV 프로나 그들이 싸우는 동영상들은 높
은 시청률을 기록하고, 세계적으로 '문'의 존재를 인정하는
추세가 되어가고 있을 무렵.

세계 각지의 각성자들이 서로의 권익을 위해 뭉치고, 여러
이해관계 속에서 크고 작은 문제가 일어나고 해결되기가 반
복될 무렵.

'그 일'은 갑작스럽게 일어났다.

–세계 곳곳에서 동시다발적으로 크고 작은 싱크홀이…….

—싱크홀에 빨려 들어간 사람들이 증발한 것처럼 사라졌다고 합니다.

—초인 커뮤니티에서 싱크홀이 '다른 세계'와 연결되어 있다는 주장이 꽤 강한 설득력을 얻고 있습니다.

—이 문제와 관련하여 아포칼립스 길드의 길드 마스터가 공식 성명을 내일 발표할 예정이라고 하는데요.

—멸망론자들이 세상의 멸망을 말하고 있지만 이 현상은 '문'의 생성과 또 다른 연장선상에 있다는 가설이 꽤 강한…….

연일 뉴스가 시끄러웠다.

인터넷에서도, 도시 어디를 가도 싱크홀과 관련된 이야기가 무수하게 떠돌았다.

본래라면 지극히 조용히 진행되었어야 하는 일.

바야흐로 여름이 끝나가는 중이었고.

세계는 보다 빠른 전개를 맞이하고 있었다.

26장
경합의 장(1)

　경기도 일산의 길드, '검과 방패'는 만들어진 지 이제 한 달을 겨우 넘기는 신생 길드였다. 물론 길드라는 개념 자체가 자리를 잡은 게 얼마 안 되긴 했지만 나름대로 내실을 다지며 일산에선 꽤 이름을 떨치는 중이었다.

　"'바람의 노래' 길드가 또 다른 길드와 합병했다지?"

　"말이 합병이지, 강제 흡수지, 흡수."

　"그래도 '일산 용가리'는 꽤 강한 곳 아니었어? 무슨 선전 포고를 받은 지 반나절도 안 돼서 합병이 됐다는 이야기가 떠도는 거야?"

　"일산의 첨예한 파벌 구도에 큰 틈이 생겼군."

　그리고 검과 방패의 길드원들은 이른 아침부터 부산하게

입을 놀리고 있었다.

도합 20명. 결코 많다고 할 수는 없지만 까다로운 입단 심사를 거쳐 가려 뽑았다. 그런데 그런 정예들조차도 한숨짓게 만드는 일이 생겼던 것이다.

바람의 노래.

불과 10여 일 전 출범한 이 길드는, 어느 날 일산에 자리를 잡더니 차례대로 작은 길드부터 잡아먹기 시작했다.

벌써 다섯 곳이 강제 흡수가 되었으며 이제 그 세는 일산 내에서도 수위권에 들 정도가 되었다.

그리고 다음 타자가 바로 이곳, '검과 방패' 길드였다.

"우리 쪽 길드 마스터는 뭐 하고 계시는 거야?"

"쉽게 답을 내기가 힘들겠지. 바람의 노래 길드의 마스터가 이제 겨우 중학생 정도라더라. 거절하면 얼마나 쪽이야?"

"문제는 그런 식으로 벌써 다섯 곳이 날아갔다는 거잖아."

길드의 합병은 제법 간단하게 이뤄졌다.

아직 길드 단위로 움직여 싸우는 일은 생기지 않았다. 그들이 깡패도 아니고 단지 스스로의 권익을 위해 모인 집단이기 때문이다.

다만, 길드 마스터 간의 1:1 대결로 상대 길드를 흡수할 수 있었다.

애당초 길드 마스터는 길드에서 가장 강한 사람이 해야 된다는 선입견이 널리 퍼진 상태에다가, 각성자 사이에선 알게 모르게 강자를 따르고 숭배하는 분위기가 생겼기 때문이다.

길드 마스터끼리 대결하여 승자가 모든 걸 갖는다. 그야말로 철저한 약육강식이자 강자의 논리였다. 그에 대해서도 아직까진 크게 불만은 없는 상태였다.

묵언의 규칙이라고 해야 할까.

"다른 지역의 길드들은 싱크홀 관련 대책을 세우느라 밤을 지새우고 있다던데. 우린 이게 뭐냐?"

"아까 집무실 들어가 봤는데 사람이 완전 반쪽이 됐더라고. 그게 사람이냐, 미라지."

"아무리 그래도 길드 마스터는 1세대 각성자잖아. 설마 지겠어?"

쿵!

그때였다.

사무실의 문이 거세게 열리며 한 인영이 모습을 드러냈다.

"이리 오너라!"

웬 미친년인가 싶어서 모두가 동시에 고개를 돌렸다.

반쪽의 하얀색 가면을 착용한 소녀가 그곳에 있었다.

목검을 어깨 위에 달고 껌을 씹는 모양새가 영락없는 불량 소녀였지만 소녀를 본 길드원들은 눈을 동그랗게 뜨며 경악할 따름이었다.

"유서희!"

"바람의 노래 길드 마스터가 여기엔 왜……?"

소녀는 유서희였다.

반쪽의 얼굴을 가면으로 가렸지만, 웨이브 진 머리칼을 흔들며 내뿜는 아우라는 중학생의 것이라고 믿기 힘들었다.

생기발랄. 보자마자 인형 같다고 생각할 만큼 앙증맞은 소녀는 퉤! 하고 껌을 바닥에 뱉으며 목검으로 바닥을 때렸다.

후우웅!

동시에 목검에서 거센 바람이 불어와 사무실 내의 사람들의 머리칼을 공중으로 띄웠다.

"친선전을 신청한 지가 언제인데 아직까지 답변이 없어요? 기다리다 지쳐서 여기까지 와버렸잖아요. 혼날래요?"

나름 예의를 갖춘 말이지만 그 안에 가시가 있었다.

유서희가 '아주 엎어버릴까?' 하고 작게 중얼거리자 모두의 등에 오한이 들었다.

하지만 다행히 그런 일이 실제로 일어나진 않았다.

"헉, 헉! 이 꼬맹이는 왜 이렇게 체력이 좋은 거야!"

"마스터한테 꼬맹이라니, 나중에 설교해 드리죠."

"김혜윤. 네가 보모냐? 아주 업고 다니지?"

그 뒤로 두 명이 조금 늦게 따라붙었다.

불과 같이 붉은 머리칼을 지닌 여인과 기생오라비처럼 생긴 호리호리한 남자.

"홍염의 마녀 김혜윤 아니야?"

"옆에는 '쾌검' 오상훈이잖아."

일산에서 한창 유명세를 떨치는 세 명이 한곳에 모였다.

홍염의 마녀 김혜윤은 화염 마법이라면 당할 자가 없다고 전해지는 여인이었으며, 그 불이 너무 강해 머리가 붉게 물들었다는 설이 있었다.

쾌검 오상훈은 그 검이 눈에 보이지 않는다고 하여 붙여진 별명이었다.

그들을 움직이는 게 눈앞의 소녀, 유서희고.

기존의 두 명은 예전부터 알게 모르게 이름을 떨쳤지만, 유서희는 혜성처럼 나타나 고작 10일 만에 수많은 이름으로 불리고 있었다.

작은 티라노사우루스, 막무가내, 말괄량이, 기타 등등.

하여간 이 셋이 바람의 노래 길드의 초창기 멤버다.

일산에서 현재 가장 뜨거운 감자임에는 두말할 필요가 없다.

이 셋이 여기에 출몰했다는 건 더 이상 피해갈 수 없음을 뜻했다.

끼이익.

곧 집무실의 문이 열리며 초췌한 인상의 남자가 힘없이 걸어 나왔다.

"내가 '검과 방패'의 길드 마스터다. 실제로 보는 건 처음이겠지."

"'바람의 노래' 길드 마스터 유서희예요."

"친선전 전에 먼저 몇 가지 물어볼 게 있다."

"답해드릴 수 있는 거라면 해드릴게요."

원래는 안 되는 건데 인심 한번 썼다는 듯 유서희가 답하자, 검과 방패의 길드 마스터가 한숨을 푹 내쉬며 말했다.

"일산을 먹을 셈인가?"

"고작 그 정도로는 제 성에 안 차요."

"그럼?"

"소녀가 칼을 뽑았는데 1등 한번 해봐야 하지 않겠어요?"

"아포칼립스 길드를 넘어서겠다고?"

유서희의 천진난만한 소리에 모두가 경악했다.

아포칼립스. 그 길드원만 벌써 3천이 넘는다는 명실상부 최강의 길드다. 이토록 빠르게 군집을 형성한 전례는 세계에서 따져 봐도 없었다.

정계와 재계에 손을 뻗고 있다는 소문이 파다하며, 사실상 한국이 '각성자'에 대하여 누구보다 빠르게 받아들이고 적응할 수 있었던 것도 아포칼립스 길드 덕분이다. 99%의 각성자는 아포칼립스 길드에게 직간접적으로 도움이나 영향을 받았다.

고작 수개월 사이에 아포칼립스 길드는 한국의 뿌리에 닿고 있었고, 수많은 사업에도 영향력을 끼치며 순식간에 '초거대 공룡'으로 거듭나는 중이었다. 그래서 그곳을 험담하거나 넘어선다는 건 그야말로 '금기'다.

지금 유서희는 금기를 입에 담았다.

"무서우면 탈퇴해도 돼요."

유서희가 어깨를 으쓱했다.

검과 방패 길드의 마스터가 쓴웃음을 지었다.

금기긴 하지만, 모든 길드가 은연중 바라는 소망이기도 했다.

그제야 왜 합병된 길드들이 조용한지, 묵묵히 이 작은 소녀를 따르는지 알 것 같았다.

그렇다면 이제 남은 문제는 하나다.

"그런 말을 할 정도라면 실력에는 자신이 있다는 거겠지?"

"아직 멀었어요. 선생님을 따라잡아야 하거든요."

"그 소문의 선생님인가……."

유서희가 따른다는 소문의 선생님이 있었다.

성별, 이름조차도 밝혀진 게 없으나 유서희를 가르친 인물일 거라는 소문은 파다하다.

다른 길드들을 씹어 먹고 있는 유서희를 가르칠 정도라면 1세대 각성자 중에서도 상당한 실력파일 게 분명했다.

1세대 각성자라고 모두가 같은 수준은 아니었으니.

예컨대 아포칼립스 길드의 길드 마스터 김민식처럼 말이다.

그는 한국의 각성자들 중에서도 넘을 수 없는 '벽'으로 평가받곤 했다.

과연 그가 세계로 뻗어 나갔을 때 어느 수준으로 평가받을지 모두가 주목하고 있는 상황.

그 정도는 돼야 유서희를 가르칠 수 있을 거 같은데, 선생님이란 자는 대관절 누구란 말인가.

일산에서 불어오는 작은 바람이 그 초거대 공룡에게 닿을 수 있을 것인가?

아직은 아무것도 알 수 없지만, 시간이 지나면 자연스럽게 알게 될 것이다.

"그럼 시작할까요?"

유서희가 상큼하게 미소를 지었다.

아포칼립스 길드가 정식으로 출정식을 가졌다.

목표는 강남의 중심부에 생겨난 싱크홀이다.

수많은 재산 피해를 낳으며 증식된 싱크홀은 마치 용의 입처럼 크게 벌려진 채로 모든 걸 집어삼키고 있었다.

모든 길드원이 동원된 이 일은 그야말로 초유의 사태였다.

도합 3,000명의 각성자가 열과 행을 맞춰 서 있는 모습은 장관이었다.

그리고 그 가장 앞에, 길드 마스터 김민식이 있었다.

"이 안에선 모든 게 불확정하다. 하지만 한 가지 확실한 건 세계 곳곳에 생겨난 싱크홀은 누군가가 우리 인류에게 보내는 메시지이며 시련이라는 것이다."

과거에도 싱크홀에 관련된 이야기는 제대로 정보화된 게 없었다.

싱크홀에 빨려 들어간 각성자는 수많은 능력을 얻거나 개화시켰지만, 그 이상으로 많은 참사가 일어났음에도 살아나온 자들은 아무런 이야기도 발설하지 않았다.

정체를 모르는 누군가와의 계약 때문이라는 게 나중에야 밝혀졌지만, 정작 그 '누군가'가 누구인지 아는 사람은 한 명도 없었다.

"그러나 무시할 수는 없다. 가만히 두면 더욱 많은 괴물이 지상을 침범할 것을 알기에. 여태까지와는 비교도 안 되는 괴물들이 우리의 동료를, 가족을 무참하게 찢어발길 것을 알기에!"

수개월간 수많은 괴물이 지상에 모습을 드러냈다.

대부분이 화력으로 통제가 되는 수준이었지만, 간혹 총이나 폭탄 등이 통하지 않는 진짜 괴수도 있었다.

그들은 하나같이 상당수의 인명 피해를 낳았고, 아포칼립스 길드가 나서서 진화하지 않았다면 대살상이 일어날 뻔한 적도 한두 번이 아니었다.

세계는 혼돈을 맞이하고 있었다. 평범한 사람들은 어디서 나타날지 모르는 괴물의 출현에 항상 몸을 떨었고, 오로지 각성자만이 누구보다 빠르게 괴물의 출현을 알아차리고 구제할 수 있었다.

그러한 인식이 벌써부터 박히기 시작했다는 점이 무서운 거다.

공권력이 서서히 무너지고 있다는 방증이었으므로.

하여 이 출정식은, 수많은 방송사로부터 실시간으로 송출되는 중이었다.

"오로지 우리 '아포칼립스' 길드만이 이 위기를 해결할 수 있다. 모두의 안전을 위하여, 우리의 더 나은 미래를 위하여!"

한국 최대의 길드를 이끄는 수장.

그가 목청을 높였다.

"뭉치면 살 것이고, 흩어지면 죽을 것이다. 따르라!"

"와아아아아!!"

그는 군중을 완전히 장악하고 있었다.

이윽고, 도합 삼천 명의 각성자가 가장 먼저 싱크홀에 발을 디뎠다.

['경합의 장(???Lv)' 에 입장했습니다.]

[첫 번째 경합 내용은 '술래잡기' 입니다. 술래가 되어 제한시간 내에 '탈주 고블린' 다섯을 죽이면 다음 경합으로 향하는 입장권과 소정의 포인트를 얻을 수 있습니다. 단, 제한시간(12시간)이 지날 때마다 술래가 뒤바뀝니다.]

[오로지 술래만이 도망자를 죽일 권한을 갖습니다.]

[규칙을 어기면 '형벌의 감옥' 으로 전송됩니다.]

[현재 술래는 '인간' 입니다.]

슈우우웅.

작은 빛의 무리가 내 주변을 감쌌다. 싱크홀을 넘자 '전송' 이 시작된 것이다.

전송이 완료된 즉시 나는 주변을 둘러보았다. 수많은 절벽과 늪, 숲과 호수 등 수많은 지형이 곳곳에 펼쳐져 있었다.

철그럭.

발을 움직이자 철이 부딪히는 소리가 들렸다.

전신을 감싼 은색의 갑옷은 나를 완벽히 보호하는 기능을 갖추고 있었다.

쉬이익!

마침 숲 안에서 나무를 타고 바람처럼 커다란 무언가가 지나갔다.

얼핏 본 바로는 고블린이었다.

하지만 고블린이라 치기엔 그 덩치가 어지간한 성인 남성에 육박했다.

'평범한 고블린이 아니로군.'

게다가 저 속도도 예사롭지 않다.

일반적인 각성자라면 한 마리 잡는 것조차도 시련일 수 있겠다.

'다음 경합으로 향하는 입장권과 소정의 포인트.'

나는 도착할 당시 떠올랐던 글귀들을 기억해 냈다.

일반적인 각성자는 어렵겠지만, 당장 이곳은 나에게 노다지와 같았다.

어깨를 으쓱하곤 그대로 도약했다.

동시에 흑풍검을 꺼내자 강렬한 바람이 나를 받쳐 주었다.

순식간에 고블린의 뒤를 잡은 나는 검을 휘둘렀고.

펑!

덩치 큰 고블린의 머리가 펑! 하고 터져 나갔다.

닿지 않았음에도 공격이 성공한 것이다.

하물며 겉을 벤 게 아니라 속에서부터 터져 나갔다. 상식적으로 이해가 가지 않는 상황이지만, 나는 조용히 미소 지을 따름이었다.

'백보신권과 검법의 조화.'

한 달 하고도 반이라는 시간 동안 나 역시 누구보다 빠르게 성장한 상태였다.

누구도 도전하지 않았고, 닿지 못했던 영역에 나는 거리낌 없이 발을 들였고 마침내 소기의 성과를 이뤄낸 것이다.

['탈주 고블린' 한 마리를 잡았습니다.]

[앞으로 4마리를 더 잡으면 입장권을 얻을 수 있습니다.]

내게 있어선 그다지 어렵지 않은 일이었다.

하지만 모두가 나와 같은 수준일 수는 없었다. 고블린은 어지간한 각성자 수준의 강함을 지니고 있었고, 지금에야 도망만 다닌다지만 12시간이 지나면 '술래'가 바뀐다고 하였다.

'경합의 장이라는 게 고블린과 인간의 경합인 모양이군.'

주변을 더 살펴봐야 결론을 내릴 수 있을 것 같았다.

나는 고개를 돌려 사방을 살피다가, 가장 높아 보이는 산

봉우리를 선택하고 천천히 걸음을 옮기기 시작했다.

술래는 도망자를 죽일 수 있는 권한을 가진다.

하지만 도망자가 술래를 죽이고 규칙을 어길 경우 '형벌의 감옥'으로 보내진다.

가장 중요한 건 이 두 가지였다.

말하자면 도망자가 '죽이지만 않으면' 무엇을 하든 Ok라는 거다. 실제로 고블린들이 역으로 인간을 제압하고 12시간이 지나 술래의 역할이 바뀔 때까지 가둬두거나 기절시키는 경우도 생길 수 있었다.

'단순하지만, 절대로 단순하지 않아.'

시리아는 이 장소와 시련에 대해 심도 있게 생각했다.

일단 경합을 벌이는 고블린들이 일반적인 고블린과 거리가 굉장히 멀었다.

놈들은 똑똑했고 힘도 더 강했으며 '규칙'에 대해 이제 막 입성한 사람들보다 더 자세히 알고 있는 것 같았다.

싱크홀을 넘어온 지 고작 3시간 여. 삼백이 넘는 고블린을 죽였지만 반대로 납치되거나 함정에 빠진 사람도 많았다.

'어쩌면 고블린들에게도 적용되는 시련이 있을지 몰라.'

5마리의 고블린을 죽이면 '입장권'을 얻는다는데, 어쩌면 그것은 인간이 아닌 고블린들 역시 적용되는 사항일지도 몰랐다.

　일단 이름.

　'왜 탈주 고블린일까?'

　어딘가에서 탈주했으니 탈주 고블린이라 이름이 붙은 것일 테다.

　가볍게 만 단위를 넘기는 고블린을 가둬둘 장소가 있을진 모르겠지만, 이만한 고블린을 사육하고 가둬두었다가 마침내 이곳에 풀어버린 것이다.

　이 시련을 내린 존재의 소행일까?

　아니면 아직 우리들이 모르는 무언가가 있는 것일지.

　"탐색 범위를 더 넓힌다. 1조 본대를 제외한 2조 이하의 조장과 조원들은 1㎞ 간격으로 보고하며 흩어지도록."

　가장 선두에 선 길드 마스터 김민식이 느지막하게 말했다.

　1조 본대는 500명 정원이었고, 2조부터는 각 조당 100명씩의 조원을 둔다. 3천 명이 들어왔으니 정확히 26조의 부대가 지금 이 장소에 있는 것이다.

　시리아는 3조의 조장이었다.

　본래라면 1조 본대의 부조장을 맡아도 이상할 게 없지만, 그녀 스스로의 의지로 다른 조의 조장을 맡겠다고 피력했기 때문이다.

시리아는 길드 마스터를 상대로 라이벌 의식을 불태우는 중이었다.

'나찰산에서의 패배…… 잊지 않아.'

그녀가 바라는 건 스스로가 나아갈 길을 밝힐 정도의 힘을 기르는 것이다. 김민식의 서포터를 받으면 빠르게 성장할 수 있을 테지만, 온실 속의 화초가 될 생각은 터럭만큼도 없었다.

오히려 그를 뛰어넘는 게 자신을 증명하는 한 가지의 방식이 될 수 있을 터였다. 그래서 라이벌 의식을 발휘했지만 한번 패배하고 말았다.

한계의 두 배가 조금 더 넘는 계단을 올랐으나 뼈가 부러져서 그 이상은 무리였다. 33계층에 입장하는 순간 회복 스킬도 사용 불가 판정이 떠서 하는 수 없이 포기할 수밖에 없었다.

그래도 얻은 건 있었다.

'룬 문장의 방패.'

왼쪽 팔목에 덧댄 작은 방패 하나.

룬 문장과 보석이 박힌 이 방패는 5레벨 이하의 스킬을 막아주고 극소량의 마력을 흡수하는 기능을 가지고 있었다.

그래도 김민식이 가진 '팔라딘의 망토'보다는 조금 못한 것도 사실이었다. 그래서 분했다.

'이번에는 이길 거야.'

100명의 조원을 활용해 누구보다 빠르게 입장권을 얻어 낸다.

그리고 단순한 감이지만, 이 경합이 거기서 끝나지만은 않을 거 같은 기분이 들었다.

탈주 고블린들의 움직임이 심상치 않았다. 게다가 술래가 바뀌면 무슨 일이 벌어질지 예측할 수가 없었다.

'어쩌면…… 그분도 이 안에 계실까.'

조원들을 이끌고 주변을 탐색하는 와중, 시리아의 얼굴에 묘한 기대감이 떠올랐다.

오한성. 왠지 그가 이번 시련에 참여했을 것 같았다. 어쩌면 누구보다 높은 성적으로 아포칼립스 길드의 콧대를 눌러 줄지도 모르는 일이다.

같은 공간에 있을지도 모른다는 생각만으로도 조금은 즐거워졌다.

우연히 만나게 되거든 그 또한 운명일 것이니.

12시간이 지났다.

태양이 조금씩 저물어 가고 세상이 황혼으로 물들었을 때, '변화'가 찾아왔다.

[12시간이 지났습니다.]

[생존자가 최대 정원(100,000)을 채웠습니다.]

[본격적인 경합이 시작됩니다.]

[생존자와 탈주 고블린의 비율이 1:3.5입니다.]

[술래가 바뀝니다.]

[오로지 술래만이 도망자를 죽일 권한을 갖습니다.]

[규칙을 어기면 '형벌의 감옥'으로 전송됩니다.]

[현재 술래는 '탈주 고블린'입니다.]

'경합의 장'에 들어올 수 있는 최대 수치는 10만 명이었다.

그 숫자가 다 채워졌다는 뜻이지만, 탈주 고블린은 무려 35만 마리에 육박하고 있었다.

그리고 당연하게도 이제 막 싱크홀을 넘어 처음으로 술래 역할을 맡았던 사람들은 제대로 된 술래의 모습을 보일 수 없었다.

겨우 5마리의 탈주 고블린을 잡은 사람들은 하얀빛에 휩싸이며 사라졌다. '다음 단계'로 나아갔다고 추정할 따름이었다.

이윽고 저녁이 되어 완연한 어둠이 찾아왔을 때.

크르르.

크르르르르.

'놈들'이 움직이기 시작했다.

그저 도망만 다니던 탈주 고블린들이 이빨을 드러내고 침을 흘리며 역으로 사람들을 공격하기 시작한 것이다.

"끄아아악!"

"사, 살려줘!!"

탈주 고블린의 공격은 빨랐고 정확했다.

놈들은 뭉칠 줄 알았고 지형을 이용할 줄도 알았다.

도망자는 술래를 죽일 수 없다.

하지만 벼랑 끝에 몰린 사람들은 검을 빼 들 수밖에 없었고 고블린을 죽인 순간 전신이 분해되며 그 자리에서 사라졌다.

'형벌의 감옥'으로 이동된 것이다.

"어, 어쩌라는 거야!"

"죽는 것보단 죽이는 게 낫지!"

죽을 바엔 감옥에 가는 게 낫다고 판단한 사람들이 하나둘 무기를 빼 들었다.

인간의 숫자가 빠르게 줄어들고 있었다.

또한, 사람들을 몰아넣고 사냥하며 고블린들은 '진화'해 갔다.

놀랍게도 다섯 명의 인간을 죽인 고블린의 이마엔 뿔이 하나 돋아났다. 열 명을 죽이면 두 개가, 열다섯 명을 죽이면 세 개가.

뿔만 돋는 게 아니라 육체의 변화도 생겼다.

더 많이 죽이면 죽일수록 강해지고 날렵해지는 것이다.

아수라장.

뭉치지 못한 인간들은 살육에 미친 고블린들을 당해낼 수 없었다.

그리하여 다시 12시간이 지났을 때.

[12시간이 지났습니다.]

[2,321명이 '형벌의 감옥' 으로 보내졌습니다.]

[1,009명이 '입장권' 을 획득해 '대기방' 으로 이동되었습니다.]

[남은 생존자는 87,341명입니다.]

[생존자와 탈주 고블린의 비율이 1:3.927입니다.]

[술래가 바뀝니다.]

[오로지 술래만이 도망자를 죽일 권한을 갖습니다.]

[규칙을 어기면 '형벌의 감옥' 으로 전송됩니다.]

[현재 술래는 '인간' 입니다.]

고작 하루 사이에 만삼천 명가량이 증발했다.

만 명은 죽고, 이천 명은 형벌의 감옥으로 보내졌으며, 고작 천 명만이 다음 경합의 장소로 나아갈 수 있었다.

1:3.5였던 비율은 1:3.927로 바뀌었다. 동시에 이 '경합'이 평범하지 않다는 걸 다음 날 모든 사람이 깨달을 수 있었다.

본격적인 경합이 시작되고 도합 24시간이 지나자 지금까지는 맛보기에 불과했다는 듯 또 다른 글귀가 떠오른 것이다.

[술래잡기는 240시간 동안 진행됩니다.]

[현재 24시간이 지났으며, 경합이 종료됐을 때 그 결과에 따라 '감옥의 주인-헬라시아'가 다음 경합에서 적군, 혹은 아군으로 등장하게 됩니다.]

['헬라시아'는 형벌의 감옥에 갇힌 자들의 정신을 조종하는 마녀입니다. 그녀가 적군으로 돌변할 경우 형벌의 감옥에 갇힌 인간은 모두 죽음보다 끔찍한 고통을 맛보고 자아를 상실하게 되며, 아군으로 돌변할 경우 그들은 한 번의 기회를 더 얻을 수 있습니다.]

[헬라시아가 적군이냐 아군이냐에 따라 다음 경합의 결과 자체가 달라질 수 있습니다.]

형벌의 감옥에 갇힌 자들을 죽이고 살리는 게 이번 경합의 결과에 달렸다.

또한 그저 '입장권'을 얻는 게 전부가 아니라는 뜻이었다.

'대기방'으로 이동됐다는 건, 이번 경합이 끝나야 다음 경합이 시작된다는 뜻이었다.

그러니 자연스럽게 다음 경합도 생각을 해야 했다. 아마도 결과에 따라 '헬라시아'가 아군이나 적군이 된다는 건, 인간과 고블린의 비율로 따지는 것일 터였다.

그러나 한 사람이 잡을 수 있는 도망자는 고작 다섯.

반대로 술래가 아닌 상태에서 탈주 고블린 한 마리를 죽이면 곧장 '형벌의 감옥'으로 강제 이동된다.

'형벌의 감옥'으로 이동되는 사람이 많아질수록 경합 자체가 불리해진다는 이야기.

그리고 강자는 오로지 강한 고블린을 사냥해야만 그 비율을 겨우 맞출 수 있다는 거다.

모든 사람이 힘을 합쳐야 겨우 가능할까 말까 한 수준의 난이도.

그야말로 '극악'이라는 단어가 모두의 머릿속에 떠오르는 순간이었다.

가장 먼저 아포칼립스 길드가 움직였다. 이곳에서 가장 강한 힘을 보유한 집단이 그들이기 때문이다.

고블린이 공격을 자제하는 12시간 동안, 최대한 많은 사람을 모아서 '대항'할 생각인 것 같았다. 어쨌거나 죽이지만 않으면 형벌의 감옥으로 이동도 하지 않으니, 나름의 대책은 강구할 수 있다고 생각하는 듯싶었다.

고블린은 고작해야 수십에서 수백 마리 정도가 뭉쳐 있었고 수만 명이 한 번에 모이면 쉽게 다가오지 못할 것이란 판단에서였다.

뭐, 나쁘지 않은 판단이다.

하지만 오히려 저처럼 뭉치는 게 악수로 작용할 수도 있었다.

'고블린들도 뭉치고 있다.'

게다가 인간보다 더 단결력이 있었다.

아무리 아포칼립스 길드의 힘으로 억지로 사람들을 모은다고 해도 그들은 모두 다른 이유와 이득을 위해서 모인 자들이었다.

국가, 인종, 문화 등 모든 게 다르다.

오히려 아포칼립스 길드만 있을 때보다 위험이 늘어날 수도 있었다. 뭉치지 못한 힘은 종잇장처럼 찢겨 나가기 일쑤인 것이다.

나는 냉정하게 내가 '해야 할 일'에 대해 생각했다.

어쨌거나 나라고 그들과 다른 시련을 가지고 있는 건 아니다. 5마리의 고블린을 죽이면 나 역시도 다음 경합을 위한 대기방으로 이동될 터였다.

'앞으로 내가 잡을 수 있는 건 4마리.'

처음 한 마리는 시험 삼아 잡아봤고, 남은 건 이제 4마리 뿐이었다.

그러나 다시 말해 '죽이지만 않으면' 된다는 소리.

마침 내게는 적절한 권능이 한 가지 있었다.

'지배자.'

지배자의 권능!

역으로 놈들을 지배한다.

고블린이 고블린을 죽이는 건 과연 어떠한 '판정'을 받게 될까?

적시되어 있는 사실은 '술래가 도망자를, 혹은 도망자가 술래를 잡았을 때'가 판단 기준이었다. 하지만 술래가 술래를, 도망자가 도망자를 잡으면 안 된다는 규정은 어디에도 없었다.

물론 정령, 혹은 테이밍 한 짐승들을 주체로 사냥을 하여도 그 주인이 잡은 걸로 인식되는 것처럼 내가 지배한 고블린도 마찬가지일 가능성이 있긴 했다.

하지만 반대로 생각하면 나는 정령이나 짐승이 아닌 고블린 그 자체를 지배하는 것이다. 분명히 다른 점이었고, 무엇보다 '지배자'의 권능은 다른 힘과 달리 일체의 계약이나 의식이 필요하지가 않다.

그저 따르게 하는 힘에 지나지 않았으니.

그리하여 실험에 옮긴 결과 나는 '가능하다'는 결론을 내릴 수 있었다.

'아수라장을 만들어주마.'

악동과 같이 미소 지으며, 빠르게 주변의 고블린들을 지배해 나갔다

내 생각이 적중한다면 이 고블린들을 어찌 좌우하느냐에 따라 보다 큰 것을 얻을 수 있을 것이었다.

일곱 명의 남녀가 부리나케 숲속을 뛰어다니는 중이었다.

"제기랄! 숫자가 너무 많잖아!"

"아포칼립스 길드는 대체 어디 있는 거야!"

12시간이 지나 인간이 다시금 '도망자'가 되었을 때, 고블린들은 그전보다 더욱 밀집된 숫자로 사람들을 사냥했다.

아포칼립스 길드가 모든 지역에 표식을 남겨두고 본대로 찾아와 합류할 것을 권하고 있었지만 쫓기는 상황에서 일일이 확인하며 발을 놀릴 수는 없는 노릇이었다.

"캬하하하!"

작은 뿔이 이마 위로 다섯 개가 솟아 있는 고블린이 쾌활

하게 웃었다. 녀석은 이 무리를 이끌고 있었으며 마치 장난 감 다루듯 가볍게 사람들을 몰아넣는 중이었다.

사냥에 이골이 난 녀석이 분명했다.

게다가 지능도 무척이나 높았다.

"저놈들 정말 고블린 맞아?"

"빌어먹을!!!"

그들은 고블린이 유도하는 대로 움직일 수밖에 없었다.

그렇게 얼마를 뛰었을까.

거대한 절벽에 막혀 더는 도망갈 장소도 없어져 버렸다.

"이, 이제 어떡하지?"

"어떡하긴 뭘 어떡해?"

"죽는 것보단 차라리 '형벌의 감옥'에 가는 게 나아."

모두가 같은 생각이었다.

도망자의 역할이었지만 각자 무기를 뽑아 들고 고블린들 과 대처했다. 죽는 것보단 놈들을 죽이고 형벌의 감옥에 가 는 게 낫다고 판단했기 때문이다.

쉬이익!

퍼억!

하지만 그조차도 여의치 않았다.

멀리서 날아온 주먹만 한 돌 하나가 가장 앞에 서 있던 남 자의 머리를 으깨 버렸다.

이윽고 고블린들은 주변의 돌 따위를 주워서 거리를 벌린 채 무차별하게 던져 대기 시작했다.

녀석들도 학습한 것이다.

잡을 수 있는 사냥감을 가만히 놓치지 않겠다는 의지였다.

"안 싸워주겠다는 거냐!"

"내가 길을 열 테니 도망가!"

그렇다면 희생뿐이었다.

목숨을 내던져서 길을 만들면 몇 명은 살아 나갈 수 있을지도 모른다.

그러나 그 희망 역시도 머지않아 깨지게 되었다.

쿵. 쿠룽.

또 다른 고블린 무리가 추가되었다.

마찬가지로 뿔 다섯 개를 가진 고블린이 선두에 있었고, 크게 발소리를 내며 등장한 놈들은 순식간에 조그마한 틈마저 메워 버렸다.

"아……."

살아남은 사람들이 탄식을 내뱉었다. 희생이고 뭐고 그들이 할 수 있는 건 이제 죽음을 기다리는 것뿐이었다.

모두의 얼굴에 절망이 들어찬 그 순간.

키이이이익!

돌연 새롭게 나타난 고블린과 기존의 고블린들이 싸우기

시작하는 게 아닌가.

"뭐, 뭐야?"

"왜 지들끼리 싸워?"

서로가 서로를 물어뜯고 목을 자르며 정말 미친 듯이 싸우고 있었다.

사람들은 멍하니 그 장면을 바라만 봤다.

그리고 머지않아 결판이 났다.

새롭게 나타난 고블린들이 승리한 것이다.

놈들은 확인 사살까지 하며 확실하게 기존 고블린들의 숨통을 끊었다.

그러자 곧 고블린들의 이마에 뿔들이 돋아났다.

다섯 개의 뿔을 지녔던 녀석은 사람들을 쫓던 대장 고블린을 죽이자 기존의 뿔들이 사라지고 더욱 큰 뿔 하나가 돋아났다.

동시에 몸집이 커지고 근육이 폭발할 듯 증가하며 그야말로 '괴기함' 그 자체가 되었다.

크르르르.

곧 놈이 생존자들을 쳐다봤다.

놈의 눈을 본 순간, 그들은 얼었다.

싸워볼 마음도 생기지 않았다.

하나, 놈은 한 차례 생존자들을 쳐다보곤 그대로 발길을 옮겼다.

그를 따라 다른 수십의 고블린이 함께 뒤를 따랐다.

"……무슨 일이 일어난 거지?"

"사, 산 건가?"

"꿈은…… 아니겠지?"

생존자들은 어안이 벙벙할 수밖에 없었다.

확정된 죽음이 빗겨간 것이다.

그들은 죽은 이에게 잠시의 애도를 표하곤 다시금 주변을 살피며 움직였다. 하지만 가는 곳곳마다 고블린의 사체가 늘어져 있는 것을 보곤 전신에 소름이 돋았다.

고블린과 고블린이 싸우고 있었다.

이런 일이 경합의 장 전역에서 일어나는 중이었다.

아포칼립스 길드는 데려온 건축 스킬을 지닌 각성자들을 이용하며 벽을 쌓았다. 필요한 인적 자원이나 재료 등은 미리 준비해 왔기에 어렵지 않은 일이었다.

고작 하루 만에 지름 1㎞에 달하는 벽을 만들었다. 사방위 중 겨우 한쪽에 불과했지만 고블린은 야심한 저녁을 틈타 움직인다. 네 방향을 신경 써야 할 게 세 방향으로 줄어든 것만으로도 매우 큰 효과가 있었다.

"사, 살았다."

"여기라면 안전할 거야."

벽 안으로 들어온 사람들은 안도의 한숨을 내쉬었다.

지금 이 장소에 모인 사람만 벌써 2만 명이 넘는다. 지금 도 계속해서 추가가 되어가는 중이었다.

"하이고, 사람 겁나 많네."

"아포칼립스 길드가 대단하긴 하네요."

"그치? 꼬맹이가 봤으면 방방 뛰었겠다."

바람의 노래 길드의 수석과 차석이 동시에 등장했다.

김혜윤, 오상훈.

그 둘은 아포칼립스 길드의 본대에 접선한 즉시 작고 크게 감탄을 할 수밖에 없었다.

벽을 쌓고, 무기와 식량 등을 철저하게 준비해 놓았다. 사 람들에게 아낌없이 나눠주며 철저히 주변을 방어하는 중이 었다.

"거의 군대 저리 가라인데?"

"엄청나네요."

"김민식이라는 사람, 확실히 평범한 사람은 아닌 것 같아. 우리 꼬맹이가 이길 수 있을지 의문부터 드는걸?"

"마스터를 그렇게 부르지 말라고 몇 번을 말했나요."

"꼬맹이 맞지, 뭘. 들어오자마자 고블린을 잡고 강제 이동될 줄 누가 알았냐고. 덕분에 우리 둘만 남았잖아?"

김혜윤도 이 부분에 있어선 반박을 할 수가 없었다.

바람의 노래 길드의 마스터인 유서희는 들어오자마자 고블린 다섯을 잡고 강제 이동 처리되었다. 신이 나선 순식간에 해치워 버린 것이다.

유서희는 진검을 다루는 게 익숙했다. 처음 만났을 때부터 피를 보는 데 주저함이 없었다. 천생이 전사였지만 이렇게 막무가내일 줄은 몰랐다.

둘이서 주변을 두리번거리자 곧 제복을 입은 담당자가 펜과 수첩을 들곤 나타났다.

"반갑습니다. 이름과 소속을 밝혀주시겠습니까?"

"오상훈. 바람의 노래 길드 소속."

"김혜윤. 마찬가지예요."

두 이름을 듣자 담당자의 표정이 미묘하게 변했다.

"소문은 들었습니다. 쾌검과 홍염의 마녀셨군요. 일산에서 최근 세를 떨치고 있다는……. 그런데 마스터 유서희는 어디 계십니까?"

굉장한 정보력이었다.

발족한 지 10일이 겨우 넘은 길드를 모두 파악하고 있을 줄이야.

일산에서 세를 떨쳤다고 해도 아포칼립스는 전국구의 길드다. 그에 비하면 바람의 노래는 약소 길드에 지나지 않았다.

오상훈이 답했다.

"'대기방'에 갔수."

"아아, 그렇군요. 알겠습니다. 저를 따라오십시오."

담당자가 둘을 안내했다.

둘은 그 뒤를 따라 인파를 헤치며 걸어 나갔다.

감탄의 연속이었다. 아포칼립스 길드가 어째서 '최강'이라 불리는지 보기만 해도 알 것 같았다. 그들은 하나같이 숙련되어 있었고 자부심으로 똘똘 뭉쳐 있었다.

"이곳에서 대기해 주십시오. 다음 '술래'의 차례가 되면 힘을 빌리겠습니다. 그 전까진 편히 쉬시길."

모포 두 개와 통조림 몇 개를 쥐어준 담당자가 등을 돌렸다.

수성은 온전히 아포칼립스 길드가 도맡아준다는 뜻이었다.

엄청난 자신감이다.

김혜윤은 주변을 둘러봤다.

모닥불 하나를 두고 꽤 많은 사람이 모여 있었다.

"여기 자리가 비었으니 여기 와서 앉으라고들."

우락부락한 도끼를 든 남자가 자신의 옆을 손바닥으로 내려쳤다.

오상훈과 김혜윤이 그 옆으로 자리하자 근육질 남자가 다시 말했다.

"이왕 이렇게 모인 거 서로 통성명이나 하지. 어때?"

"어차피 하루 이틀로 끝날 것 같진 않은데 그렇게 합시다."

"이의 없습니다."

한 명을 제외하면 모두가 고개를 끄덕였다.

나무에 기댄 채 조용히 앉아 있는 자.

붉은 망토, 그리고 전신을 은색의 갑옷으로 두르고 있어서 성별도, 얼굴도 확인할 수가 없었다.

"저 사람은 내버려 둬. 우리가 오기 전부터 잔뜩 무게를 잡고 있더라고."

"흐음…… 갑옷 무게만 해도 상당할 거 같은데. 실력자인 모양이군요."

오상훈이 날카롭게 갑옷을 입은 남자를 훑어봤다.

하지만 남자는 아무런 반응조차 하지 않았다.

"하여간 반갑소. 나는 박태완이요. 소속은 없고. 혼자 뛰지."

"이성문입니다. 수호 길드 소속이고요."

"김범계입니다."

차례대로 열댓 명의 사람이 자기소개를 끝냈다.

여전히 은빛의 갑주를 입은 남자를 제외하고 말이다.

"휘유, 다들 나름 쟁쟁한 사람들이구만."

박태완이 감탄하며 휘파람을 불었다.

아포칼립스 길드에 가려졌다 뿐이지, 이곳에 모인 사람 중에 약자는 단 한 명도 없었다. 나름 쟁쟁한 길드의 소속이거나 실력을 가지고 있었다.

"이만한 사람이 모였는데 어렵지 않게 이길 수 있겠군."

"모두가 힘을 합치면 그렇겠죠."

박태완의 말을 받은 남자가 왼편을 슬쩍 쳐다봤다.

그곳엔 아랍계의 사람 10명이 모여 있었다. 미국인, 중국인, 일본인들도 서로 모여서 주변과 동떨어진 기색을 내비쳤다.

아포칼립스 길드가 나름 나눈다고 나눈 모양이지만, 과연 힘을 합쳐 공통된 적을 쓰러뜨릴지에 대해선 미지수였다.

"게다가 저기 미국인 보이죠? 알렉스라고, 저 사람 엄청난 부자예요. 일 때문에 먼발치에 본 적이 있는데 자산만 백억 달러를 넘긴다더군요. 보유한 스포츠카만 100대가 넘는데요."

"어쩐지, 주변이 완전 꽃밭인 이유가 있구만."

"허, 내가 타본 스포츠카는 경운기밖에 없는데."

노란 머리의 미국인 한 명이 보드카를 마시며 환하게 웃고 있었다. 그 주변으로 다섯이 넘는 미녀가 모여서 그 한 명의 수발을 들어주는 중이었다.

당연히 주변에서 아니꼽게 보는 눈치가 있을 수밖에 없었다.

아니나 다를까.

곧 검은 피부를 가진 근육질의 남자가 알렉스에게 다가
갔다.

"코쟁이 놈, 놀러 왔냐?"

"이봐, 친구. 뭐가 그리 불만이야?"

"우리는 싸우기 위해 왔다. 놀 거면 꺼지라고!"

"안타깝군. 깜둥이(Nigger)는 인생을 즐길 줄 몰라."

"뭐? 쓰레기 같은 새끼가!"

삽시간에 싸움이 벌어졌다.

말리기도 굉장히 애매했다. 아포칼립스 길드가 나서서 제
재를 해주길 바랐지만, 하필이면 인종 문제로 싸움이 불거진
것이다.

억지로 말리다가 불똥이 번질 위험이 있었다.

게다가 둘은 소문 난 실력자였다.

"알렉스와 야쿤이라. 둘이 싸우면 누가 이길까?"

"둘 다 실전 검술의 대가라던데. 소문이 사실인지 봐야
겠군."

그 둘을 아는 몇몇 사람은 매우 흥미롭게 상황을 지켜봤다.

알렉스는 돈만 많은 게 아니라 최고의 실력을 가진 용병들
에게 어려서부터 살인 기술을 배웠다. 그와 마주한 검은 피
부의 남자 '야쿤'은 용병대의 대장이었다.

둘이 싸우고자 한다면 말리는 게 쉽지는 않을 것이다.

그리고 실제로 말릴 시간조차 없었다.

차창!

둘은 즉시 무기를 꺼내 들었다.

검과 쿠크리. 자세를 보아 둘 다 전문가였다. 이미 피를 알고 피를 갈구하는 전사의 기색이 튀어나왔다.

상당한 실력자임을 서로가 알아왔다.

하지만 그뿐이었다.

진득하게 살기를 피워내며 순식간에 격돌했다.

펄럭!

하지만 둘이 부딪치는 일은 없었다.

어느새 은빛의 갑주를 입은 기사가 붉은 망토를 휘날리며 둘의 사이에 선 것이다.

빠각!

기사는 두 남자의 무기를 부여잡고 그대로 부러뜨렸다.

그를 지켜보던 모두가 눈을 휘둥그렇게 떴다.

두 무기 모두 나름 명품의 대열에 끼기에 부족함이 없었다. 고강도의 강철을 맨손으로 부러뜨리는 건 불가능한 일이다.

"이건 또 무슨 엿 같은……."

쿵!

짧고 묵직한 소리. 동시에 명치에 주먹을 정통으로 맞은 두 남자가 곧 흐물흐물 오징어처럼 쓰러졌다.

기사는 두 남자를 그대로 바닥에 던져 버리곤 다시 이동하여 나무 근처에 기대고 앉아 사색을 즐겼다.

"……."

그야말로 눈 깜빡할 사이에 벌어진 일.

모두가 할 말을 잃은 채 기사와 쓰러진 두 남자를 번갈아 쳐다봤다.

도망자가 되면 아포칼립스 길드가 만든 성의 근처에서 수성을 하고, 술래가 되면 모두가 원정의 시간을 갖는다.

왕도다. 적어도 한두 번은 통할 법한 수였다.

하지만 이게 끝이라면 위험하다. 왕도가 왕도인 건 그 올곧음 때문이다. 변칙을 상정하지 않는 정공법은 옆에서 치고 들어오는 공격에 약하다.

'고블린의 진화에 대해 이들은 모른다.'

지금 아포칼립스 길드가 간과하는 건 바로 이점이다.

고블린은 뿔이 많아질수록 강해졌다. 신체 능력이 배가 되고, 큰 뿔이 세 개가 되자 인간 수준의 지능을 갖추게 되었다.

육체적 강함만을 생각하여 '어차피 고블린'이라는 인식 탓에 놈들의 지능이 높아지는 걸 경계하고 있지 않았다.

"고블린이 보이지 않는군요."

"우리가 무서워서 다 도망간 게 아닐까?"

108시간째.

술래의 역할이 되어 대규모 군집을 이루고 이동을 시작했지만, 이전과는 다르게 눈에 들어오는 고블린의 숫자가 확연히 줄어들었다.

고블린도 학습한 것이다. 뭉쳐 있는 인간은 그저 피하면 그만이라고. 그들만의 '의사소통' 방법으로 인간들이 움직이는 경로를 파악하고 있었다.

결국 108~120시간 사이 술래의 시간은 고블린 오백여 마리를 잡은 정도로 종료되었다. 인간 진영이 4만 명 이상 모였다는 걸 생각하면 형편없는 수치다.

그리고 120시간이 넘자 고블린들이 '벽'을 부쉈다.

쉬이이잉!

쿠아아앙!

돌무더기가 날아왔다.

"이, 이게 뭐야?"

"피해라!!"

콰아앙!

바위와 돌, 크고 작은 것들이 무차별하게 쏟아졌다.

고블린들은 아주 멀리에서 거대한 바위를 탑재해 공성병기로 벽을 부수는 중이었다.

"미친! 고블린 주제에 원거리 공격이라고?"

"아포칼립스 길드는 뭐 하는 거야!"

"아아악!"

정예들이 발 빠르게 돌이 날아오는 방향을 향해 움직였다.

하지만 도착한 곳에 고블린은 없었다.

공성병기만 남겨둔 채로, 증발한 듯이.

"공성병기를 발견했습니다만 고블린은 발견되지 않았습니다."

"정말 고블린의 소행일까요? 공성병기의 구조가 과거 인간이 만든 구조와 매우 유사합니다."

"진화하고 있는 것 같습니다. 육체만이 아니라 머리도…… 그렇다면 이곳에서 수성만 하는 건 좋지 않은 방법 같습니다."

정예들이 순찰을 나갔다가 돌아와선 안건을 올렸다.

나는 '칠흑의 손길'을 사용해 그림자 밑에 숨어서 그 광경을 지켜보다가 다시 돌아왔다. 역시나, 이 이야기는 삽시간에 퍼져서 소문이 되었다.

"들었나? 고블린들이 도구도 이용할 줄 안다는군."

"미친, 이대로면 확실하게 지겠는데?"

"무슨 수를 내야 하는 거 아닌가?"

불안감이 한층 더 커졌다.

안 그래도 이전 '술래'의 차례에서 고작 500마리밖에 잡지 못했다. 반대로 인간이 사냥당하는 숫자는 그 몇 배가 되는 수준이었다.

나는 얇게 미소 지었다.

매너리즘의 타파. 저 얇은 벽 하나에 의지해 변화를 두려워하는 건 어불성설이다.

각기 다른 사람이 한곳에 모였다. 이러한 집단을 움직이려거든 '소문, 그리고 공포'를 자극해야 한다.

하나로 뭉칠 수 있는 구실이 주어져야 하는데 저 '벽'이 모두 막아버렸다.

'내가 부쉈다.'

그래서 부쉈다.

내가 지배한 고블린들은 상당히 진화한 상태다. 다른 뿔이 달린 고블린을 습격하여 죽이면 그 숫자 그대로 뿔이 돋아난 덕분이다.

약간의 지식만 주면 그걸 응용할 줄도 알았다.

아직은 아니지만 다른 고블린들이 더 진화하면 확실하게 '도구'를 사용할 게 뻔했다.

자, 나는 기회를 주었다.

계속해서 이대로 주저한다면 나는 더욱 극단적인 방법을 쓸 수밖에 없다.

'이제 어찌할 테냐?'

사람들의, 아포칼립스 길드의, 민식이의 결단을 기대했다.

나는 기회를 주었고 그것을 활용하는 건 그들의 몫이었다.

촤아악!

발목을 자른다.

이동이 불가능하게 된 고블린을 다른 사람이 죽인다.

태을무극심법이 3성에 오르며 흑풍검을 쥔 것만으로 '암령'이 날뛰는 현상이 사라졌다.

콰득!

키에엑!

그대로 달려드는 고블린의 어깻죽지를 좌악 그어버렸다.

"정말 사람 맞아?"

"사람이 아니라는 소문이 있던데."

"무식하게도 싸우는군. 매일 봐도 질리지 않는다니까."

"저 갑옷도 그렇고, 뼈를 자르는 힘도 장난이 아니야."

사람들이 수군거렸다. 하지만 개의치 않았다.

다만, 주변 고블린 모두를 구제하고 천천히 주변을 둘러 봤다.

군집을 나눴다.

4만의 인간을 1만씩 나눠, 마치 학익진의 형태로 샅샅이 쓸어버리는 방법을 택했다.

결국 수비를 버리고 공격에 올인 한 셈이다.

다행히 사태를 심각하게 받아들여서 다행이었다.

갑작스러운 태도의 변화에 당황한 건 고블린들도 마찬가 지였다.

이전과 달리 꽤 많은 고블린을 잡을 수 있었다.

하지만, 그뿐이었다.

"아아악!"

"함정! 함정이다!"

교묘하게 바닥을 파고 숨겨서 그 안에 죽창을 꽂아 넣는 기본적인 함정이나 '줄'을 밟는 순간 나무에서 가시가 잔뜩 박힌 돌이 떨어지도록 만드는 제법 제대로 된 함정까지 있 었다.

'지형에 대한 이해'가 절대적으로 부족했다.

고블린들은 이 경합의 장이라 불리는 장소에서 꽤 오랜 시 간 생존해 있었음이 분명했다.

물론 함정들은 사람을 죽이기엔 2% 부족했다.

하지만 고블린들은 '도망자'의 역이었고 결코 사냥을 위한 함정이 아니라는 걸 깨닫는 데에는 많은 시간이 걸리지 않았다.

"부상자! 부상자를 놓고 갈 겁니까?"

"제기랄, 상처가 지랄 맞아서 치유 마법도 제대로 안 들어!"

움직임의 지연.

벽이 무너진 걸 고블린들도 파악했으며 인간 군집이 '공격'을 선택했다는 것 역시도 파악하고 있었다는 뜻이다.

놈들이 노리는 건 우리가 '술래의 시간'일 때 최대한 움직임을 늦춰서 시간을 허투루 보내게 하려는 속셈이었다.

하지만, 하지만 너무 이상하다.

너무 빨리 알아차렸다.

"추적과 탐색에 능한 사람들을 따로 모으겠다. 어디선가 우리를 지켜보는 '눈'이 있음이 분명하다."

아포칼립스의 수뇌부들도 이상함을 느꼈는지 정식으로 공표했다.

탐색과 추적에 능한 사람들을 따로 모집해 조를 구성하고, 더욱 철저하게 주변을 탐색하기 시작한 것이다.

그러나 허탕이었다.

'지켜보는 눈'은 없었다.

그럴 수밖에.

'표식.'

나무나 땅, 바위 등에 새겨진 아주 작은 표식들.

신경 써서 보지 않으면 그냥 지나칠 정도로 미세하게 새겨져 있었다.

하지만 이 표식은 같은 고블린에게 보내는 메시지가 아니다.

'고블린이 인간에게. 인간이 고블린에게…….'

과연. 그제야 나도 전체적인 맥락이 보이기 시작했다.

'인간 첩자가 있다.'

놀라운 일이었다.

고블린이 인간 진영에 첩자를 심는다?

마치 내가 한 전술과 비슷하지 않은가. 나 역시도 몇 마리는 고블린 진영에 섞어놓아서 놈들의 정보를 나만의 방식으로 빼오는 중이었다.

한데 그 방식을 고블린들이 그대로 사용하고 있는 것이다.

나 역시도 벌써 이 정도로 놈들의 지능이 성장했을 줄은 몰랐다.

외통수.

주변을 둘러보았다.

그렇다면 첩자는 누구일까?

늦은 저녁.

'도망자'의 차례가 되었을 때, 남자는 조용히 진영을 벗어났다.

아직 사람들끼리 의심하는 관계로 가진 않았기 때문에 감시는 거의 없는 편이었다.

이어 숲의 중심부로 들어가 나뭇가지 몇 개를 십(十)자 모양으로 일정한 간격을 두고 늘어놓았다.

스릉.

그때, 수풀이 흔들렸다.

"……!"

남자는 기겁하며 뒤를 돌아봤다.

하지만 아무것도 없었다.

'잘못 들은 건가?'

워낙 예민해진 상태라 그럴 수도 있겠다고 생각한 남자가 다시 고개를 돌려 마저 일을 끝내려고 하려는 순간.

바로 앞에, 은빛의 갑주를 입은 기사가 있었다.

"허억……!"

남자가 숨넘어갈 듯 놀라며 뒤로 넘어지려고 했다. 하지만 기사가 남자의 어깨를 붙잡곤, 남은 한 손으로는 자신의 투구에 손을 가져갔다.

그러자 눈을 가렸던 부분이 올라가며 남자는 기사의 눈을 정면으로 마주하게 되었다.

"십자 문양. 무슨 뜻이지?"

"아, 아무런 뜻도……."

남자는 부정했다.

하지만 이상한 일이었다.

기사의 눈을 보고 있노라면 왜인지 기분이 나른해졌다.

그러자 조금씩 기사의 모습이 달라졌다. 주변의 환경도 달라졌다.

직장. 그리고 직장 상사.

노예와 같이 일을 했던 남자는 상사의 말이라면 그게 무엇이라도 따랐다.

"가장 감시가 없는 방향이 이쪽이라고 알려주는 표식입니다……. 3시간 후에 '술래'들이 공격을 해올 것입니다……."

초점을 잃은 남자가 답했다.

은빛의 기사가 남자의 턱을 쥐었다.

"첩자가 된 이유는?"

"제 아내가 잡혔습니다. 따르지 않겠다면 능욕하고 죽이겠다고 '그'가 으름장을 놨습니다."

"그는 누구냐."

"날개를 지닌 고블린, 사람의 말을 이해하는 고블린이었습니다."

기사가 눈살을 찌푸리며 남자를 내동댕이쳤다.

"지금부터 내가 알리는 곳으로 표식을 옮겨라. 그것이 네가 살 수 있는 유일한 길이니."

"예…… 예에!"

남자가 허겁지겁 고개를 끄덕였다.

날개를 지닌 고블린?

얼마나 많은 사람을 죽였으면 뿔이 아니라 날개가 돋은 걸까?

아니면 원래부터 '이종'이었을지도 모르는 일이다.

내가 여태껏 파악하지 못했다는 건 놈은 자신의 모습을 전혀 드러내지 않으면서도 사냥을 계속하고 있다는 증거였다.

주도면밀한 놈이다.

하여간 배후를 알았다. 나는 첩자를 죽이는 대신 '이중 스파이'로 사용할 계획을 세웠다.

그러나 시간이 없었다.

'3시간.'

경계가 삼엄한 곳에 표식을 옮겨놨기에 망정이지 그대로 기습 공격을 당할 뻔했다.

그런데 약간의 의구심이 들었다.

과연 첩자가 하나일까?

그런 것치곤 표식 하나만 달랑 세워놓는 게 너무 작위적이다.

'첩자는 하나가 아니다.'

확신을 가졌다.

그처럼 주도면밀한 놈이 고작 하나만 심어놨겠는가.

남은 시간 동안 그들을 모두 찾고 놈이 노리는 게 무엇인지 파악해야 했다.

그러기에 3시간은 너무 적었다.

그렇다고 안 할 수도 없는 노릇.

나는 모든 감각을 총동원했다. 그러자 '관리자의 힘'이 깨어났다.

'아~ 졸려 죽겠네.'

'언제까지 이 짓을 해야 하는 거야?'

'집에 가고 싶다.'

'보급고에 불을 질러야 하는데. 몇 시간 안 남았는데. 할 수 있을까?'

'찾았다.'

순간 머리가 어지러웠다. 토악질이 나올 것만 같았다.

애써 고개를 내저으며 움직였다.

보급고에 불을 지르려는 사람, 모두가 먹는 물에 식중독을 일으키는 독을 섞으려는 사람, 아포칼립스 길드의 수뇌부를 '기습'하려는 사람까지.

'어느 사이에 이렇게 심어둔 거지?'

그들 모두를 잡아들인 나조차도 놀랄 수밖에 없었다.

여태껏 수면 위로 드러나지 않은 건 대부분의 첩자가 조용히, 아무런 문제도 일으키지 않으며 생활했기 때문이다.

이들은 아포칼립스 길드와 합류하기 전부터 이미 약점을 잡힌 상태였다. 그래서 계속해서 알게 모르게 고블린들을 향해 도움을 주고 있었던 것이다.

그리고 그들 모두가 오늘 동시다발적으로 움직이려고 했다.

이게 뜻하는 바는 하나였다.

'총공격!'

적어도 날개 달린 고블린을 따르는 놈들이 대거 공격할 건 확실했다.

그나마 첩자를 모두 잡아들여서 더 큰 문제가 생기진 않겠지만, 아직까지도 사람들은 별다른 경계심을 갖지 않았다.

'남은 시간은 10분.'

척.

검을 뽑고 앞으로 나아간다.

"이 이상 나가면 안 됩니다. 돌아가세요."

나를 본 아포칼립스 길드의 길드원 하나가 다가오며 손짓을 했지만, 나는 꿈쩍도 하지 않았다.

'땅의 소리가 달라졌다.'

지축이 흔들린다. 어지간한 사람이라면 느끼지 못할 정도로 작은 소리이나, 내겐 바로 옆에 있듯이 시끄럽게 울려 퍼졌다.

"저기요. 여기 계시면 안 된다니⋯⋯."

삐이이이이익!

삐이이이이익!

그 순간 사방에서 호루라기 소리가 울려 퍼졌다.

"적이다!"

"적이 몰려온다!"

"끄아악!"

이맛살을 구겼다.

생각보다 많다.

풀잎 정령을 내보내 탐색한 숫자보다 훨씬 많았다.

대체 어디서 솟아난 걸까?

쿠아아아앙!

그렇다. 정말 솟아났다.

땅이 파이고, 거대한 지렁이와 같은 괴물이 인간의 진영 바로 앞에서 모습을 드러낸 것이다.

이윽고 지렁이가 입을 벌리자 그 안에서 수많은 고블린이 쏟아지기 시작했다.

"저건 또 뭐야?"

"괴물은 고블린만 있는 게 아니었어?"

그렇다. 과거의 이야기에 따르면 분명히 고블린만 있다고 했다.

한데 저 괴물 지렁이는 대관절 뭐란 말인가.

이변이 생겼다.

갑작스러운 대규모의 공격에 사람들은 정신을 못 차렸다.

'하는 수 없군.'

이대로 있다간 수많은 인명의 피해가 생길 것이다.

특정 비율 이상이 죽으면 설령 이번 기습을 막아낸대도 이겨도 이긴 게 아니다.

다음 경합까지 생각을 하려면 최대한 많은 사람을 살리는 게 맞다.

하지만 어떻게?

한 명당 죽일 수 있는 숫자라고 해봐야 5마리가 끝 아닌가.

'변화구가 필요하다.'

아포칼립스 길드가 대처하려면 못해도 10분은 필요하다.

그 10분간 이 형세를 잠시 역전시킬 수만 있으면 되었다.

하는 수 없었다.

나는 고개를 끄덕였다.

단번에 이 상황을 역전시킬 수가 없는 건 아니었다.

천천히, 입을 열었다.

"이타콰."

작은 백색의 보석 하나를 꺼냈다.

오로지 이타콰를 위해 특수 제작한 공간의 보석.

내가 그 이름을 부름과 동시에 공간의 보석이 거세게 뒤흔들리며 거대한 빛이 솟구쳤다.

그리고.

크롸아아아앙!

그 몸집만 3m 크기에 이르는 백색의 용이 포효를 내질렀다.

이타콰.

폭풍의 이름을 이어받은 백색의 용이!

휘아아아앙!

날갯짓을 할 때마다 마치 태풍처럼 강렬한 바람이 사방을 휘저었다. 나타난 즉시 거대한 존재감을 떨치며 그대로 선회하여 드높이 떠올랐다.

"저, 저게……."

"드래곤이다!"

"드래곤이라고?"

인류가 용을 접하려면 아직도 오랜 시간이 남았다. 최초의 용이 발견된 사례는 앞으로 적어도 5년은 흐른 뒤였다.

그마저도 제대로 된 성체가 아니었으며, 10만 명의 피해를 낳고는 막대한 희생 끝에 겨우 잡을 수 있었던 것이다.

당시만 하더라도 인류에 엄청난 충격을 주었는데, 지금 시점에서 나타난 용이라면 오죽하겠는가.

이타콰는 자신의 몸집보다 큰 날개를 일자로 쭉 폈다.

그러곤 태양빛에 눈이 아플 정도의 시점까지 떠올랐다.

하나의 점이 되어, 아예 보이지 않을 지점까지 올라가자 모든 인간과 고블린들이 그곳만을 집중하여 바라보고 있었다.

잠시 후…… 작은 점이 조금씩 수직 하강하기 시작했다.

점은 점차 커졌다.

빠르게, 거대한 광풍(狂風)을 낳으며.

이어 지상에 그 풍력이 닿았다. 가장 먼저 머리카락과 같은 가벼운 무게의 성질을 가진 것들이 날렸으며, 점차 나무의 두꺼운 가지가 흔들릴 수준으로 치닫자 모든 이가 본능적으로 '위험'을 느꼈다.

이어 점이 더 이상 점이 아니게 되었을 때.

콰아아아아아아앙!

마치 강력한 폭탄이었다.

괴물 지렁이의 몸통 그 중심으로 정확히 이타콰의 몸체가 떨어지자, 폭탄이 터지듯 대지가 들썩이며 고막을 터뜨릴 듯한 광음을 낳았다.

나뭇가지가 떨어져 나가고 뿌리마저 들썩이게 만들 파괴력!

이타콰과 떨어진 중심의 반경 50m는 폭발의 여파가 고스란히 닿았다.

크아아아아아아아아아!

이타콰가 괴성을 내질렀다.

그러자 모래폭풍이 무섭게 걷혔다.

이타콰는 괴물 지렁이의 몸통을 잡곤 주욱 찢고 이빨을 드러내며 흉포함을 떨쳤다.

"……."

"……."

"……."

모두가, 인간과 고블린 할 것 없이 행동을 멈췄다.

세상에 정적이 찾아왔다.

아무리 탈주 고블린이 일반적인 고블린과 궤를 달리하는 존재라고 하더라도, 그 뿔이 열 개가 있든 백 개가 있든, 용은 그 존재만으로도 모든 걸 '압도'한다.

보자마자 느낀 것이다. 보자마자 알았던 것이다.

질의, 그 격의 다름을.

차원이 다른 존재를 앞에 두고 그들은 숨을 쉬는 것조차 잊었다.

인간 또한 마찬가지다.

툭. 투우욱.

정적 속에서 가장 먼저 움직인 건 나였다.

전신의 철제 갑옷이 움직일 때마다 덜컹거렸다.

흑풍검을 쥐고 사선으로 뻗었다. 습격해 오는 고블린이 멈추고 세상이 적막한 그 사이의 틈을 통해 나는 '녀석'을 발견할 수 있었다.

이번 습격의 흑막.

날개 달린 고블린. 녀석을.

천천히 자세를 낮춘 채 이윽고 쏜살같이 달려 나갔다.

키에에에!

고블린들이 하나둘 정신을 차렸다.

하지만 내 검이 닿는 게 더 빨랐다.

촤륵!

놈들의 어깻죽지를 베는 데에는 많은 동작을 필요로 하지 않는다.

나를 향해 달려드는 다리를, 나를 막아서는 손목을 마치 종잇장처럼 베어낸다.

적의 진영을 향해 오로지 나 하나만이 돌격했다.

진영을 무너뜨리고 모든 시선을 나와 이타콰 둘로 분산시키는 데 성공했다.

"우, 우리도 움직여야 하는 거 아니야?"

"제기랄! 뭐가 뭔지는 모르겠지만 일단 싸우자!"

"으아아아아아아!"

있는 힘껏 괴성을 내질렀다.

습격은 실패했다. 이제는 오롯이 정면 대결일 뿐.

하지만 술래가 아닌 도망자의 입장에서 저들의 습격은 결코 달가운 게 아니었다. 정면 대결로 인하여 수많은 사람이 '형벌의 감옥'으로 간다면 단기적인 싸움에선 승리할지 몰라도 장기적으로 보면 패배가 확정된다.

버티고 몰아내야 한다.

그래서 나는 '녀석'을 진심으로 죽이고자 하였다.

"이타콰."

쿵! 쿵! 콰릉!

이타콰가 대지를 부수며 나를 향해 날아왔다.

나는 그 위에 올라 그대로 '녀석'을 향해 누구보다 빠른 속도로 다가갔다.

"현안의…… 용!"

날개를 지닌 고블린이 외쳤다. 놀랍게도 놈은 인간의 언어를 구사할 줄 알았다. 이어 놈이 검은색의 긴 손톱을 펼쳤다.

곧 검은 안개가 피어나며 녀석의 이마에 둥그렇게 맺혔다. 마력의 집중. 이윽고 나와 이타콰를 향해 한 줄기의 광선이 발사되었다.

슈우우우우우우웅!

광선은 빠르게 허공을 꿰뚫었다. 모든 걸 꿰뚫는 마력의 탄환이었다.

나는 이타콰의 등에 선 채 흑풍검을 들었다.

'제천대성.'

두근!

심장이 가파르게 뛴다.

모든 근육이 짜내어지며 전신에 핏줄이 선다.

암령, 제천대성의 힘을 깨웠다.

'탈혼무정검.'

내 주변으로 바람이 일었다. 탈혼무정검, 그중 '바람'의 힘에 집중하여 나는 그대로 검격을 그었다.

쏴아아아악!

콰아아아아앙!

폭발의 연쇄였다.

녀석이 발사한 마력의 탄환은 정확히 절반으로 쪼개지며 무수한 폭발을 낳고 꿰뚫렸다.

그리고 그대로 나의 '바람'이 녀석의 뿔과 날개를 갈랐다.

날개를 지닌 고블린. 녀석이 볼품없이 바닥에 추락한 뒤 기절하자 모든 고블린이 당황하기 시작했다.

키리릭!

크에에엑!

공포.

겁에 질린 고블린들이 몸을 돌렸다.

그러곤 그대로 달음박질을 쳤다.

"아포칼립스 길드! 참전하라!!"

동시에, 그의 목소리가 들렸다.

검을 높게 치켜든 남자, 김민식. 그 잠시의 시간으로 말미암아 대비를 빠르게 끝마친 그가 아포칼립스 길드의 모든 길드원을 대동해 역습을 시도했다.

형세가, 역전되었다.

잠시, 자신의 눈을 믿을 수가 없었다.

모두가 같은 생각일 것이다. 지금 눈앞에 펼쳐진 광경은 김민식, 그만이 아닌 모든 이의 눈을 의심스럽게 만들고 있었다.

백색의 용이었다. 성룡이라 하기엔 크기가 작지만, 그럼에도 분명히 눈앞의 있는 건 '지고한 존재'라 일컬어지는 용이었다.

하지만…… 백색의 용이 있었던가?

모든 용을 통틀어 백색은 없다. 모든 용은 특성과 관련된 색깔을 가지고 있었으나 백색의 마력을 지닌 용은 존재하지 않기 때문이다.

콰아아아아아아아아앙!

거대한 폭발. 백색의 용은 하늘 높이 떠올라 순식간에 바닥으로 떨어졌다. 마법을 사용하는 용은 숱하게 봤지만 육탄전을 벌이는 용 역시 본 적이 없었다.

대관절 어디서 튀어나왔단 말인가?

분명히 이곳, '경합의 장'의 시작을 여는 이 장소에는 고블린밖에 없을 터였다. 어째서 과거와 다른 결과가 나타나고 있는지 그는 알지 못했다.

어쩌면 이 경합을 주도하는 '누군가'에 의한 변화일 수도 있었고, 아니면 자신을 비롯한 10만 명의 인원이 채워지며 나타난 또 다른 현상일 수도 있었다.

하지만, 그럼에도, 용은 말도 안 된다.

크아아아아아아아아아아!

용이 포효했다.

전신이 떨렸다. 살이 올라오고, 듣는 순간 정신이 혼미해졌다.

저 압도적인 존재감을 보라.

알레테이아의 수장만이 암흑룡을 길들일 수 있었다. 그와 반대되는 저 순백의 용을 본 순간 그는 갈증이 났다. 전신에서 땀이 흐르고 왜인지 모를 답답함을 느꼈다.

그리고 그가 나타났다.

은빛의 갑주를 입은 기사.

붉은 망토를 휘날리며 순식간에 고블린의 진영으로 뛰어든 그가 순백의 용에 올라타더니 그대로 날개를 단 고블린을 베었다.

"……용기사."

전설에나 나오는 용기사의 모습이다.

과거 용을 다룬 인간은 몇 되지 않았다.

알레테이아의 수장이 그랬고, 용의 목소리를 듣는 용신녀가 그랬으며, 인류 최강이라 일컬어지던 한 존재가 그러했다.

그는 저 갑옷을, 저 모습을 본 적이 있다.

"검신 아르…… 켄?"

검신 아르켄.

인류 최강.

비교 불가, 대적 불가의 존재.

남자인지도, 여자인지도 하물며 인간이 맞는지조차도 밝혀진 바가 없다.

to be continued

지갑송 퓨전 판타지 장편소설

레벨업하는 몬스터

[특성개화 100% 완료]

시스템 활성화
특성 개화로 인하여 종족 변경:
인간 ➡ 몬스터

인간과 몬스터가 공존하는 현대.
갑작스런 특성의 개화.
기사도 사냥꾼도 아닌 몬스터로 종족이 변했다!
더 이상 인간으로 생활이 불가능한 상황!

"도대체 뭘 어떻게 하면 되냐고!"

처절하게 레벨을 올려야
사람으로 살 수 있다!

SUPER ACE
슈퍼에이스

예성 장편소설

야구 선수의 프로 계약금이 내 꿈을 정했다.

"왜 야구가 하고 싶니?"

"돈을 벌고 싶어요!
집을 살 수 있을 만큼!"

시작은 돈을 벌기 위해서였다.
하지만 이제는 꿈의 그라운드를 위해서
메이저리그 명예의 전당을 노린다!

뜨겁게 던져라

세상S 장편소설

프로야구 역사상 최악의 먹튀 강동원.
은퇴 후 마지막 기회가 주어진다.

그러나.
트라이아웃에 참가하기 위해
서울로 향하던 강동원은
불의의 사고를 당하고 마는데…….

눈을 떠보니 2015년 봉황기 준결승전?

꼬인 실타래를 바로잡고 오랜 꿈이던 메이저리그로!

'제2의 최동원이라고? 노노!
난 메이저리그 에이스 강동원이야!'